『罪と罰』をどう読むか

『罪と罰』をどう読むか

〈ドストエフスキー読書会〉

川崎浹×小野民樹×中村邦生

水声社

目次

ペテルブルグ市街図（1865年）

センナヤ広場付近

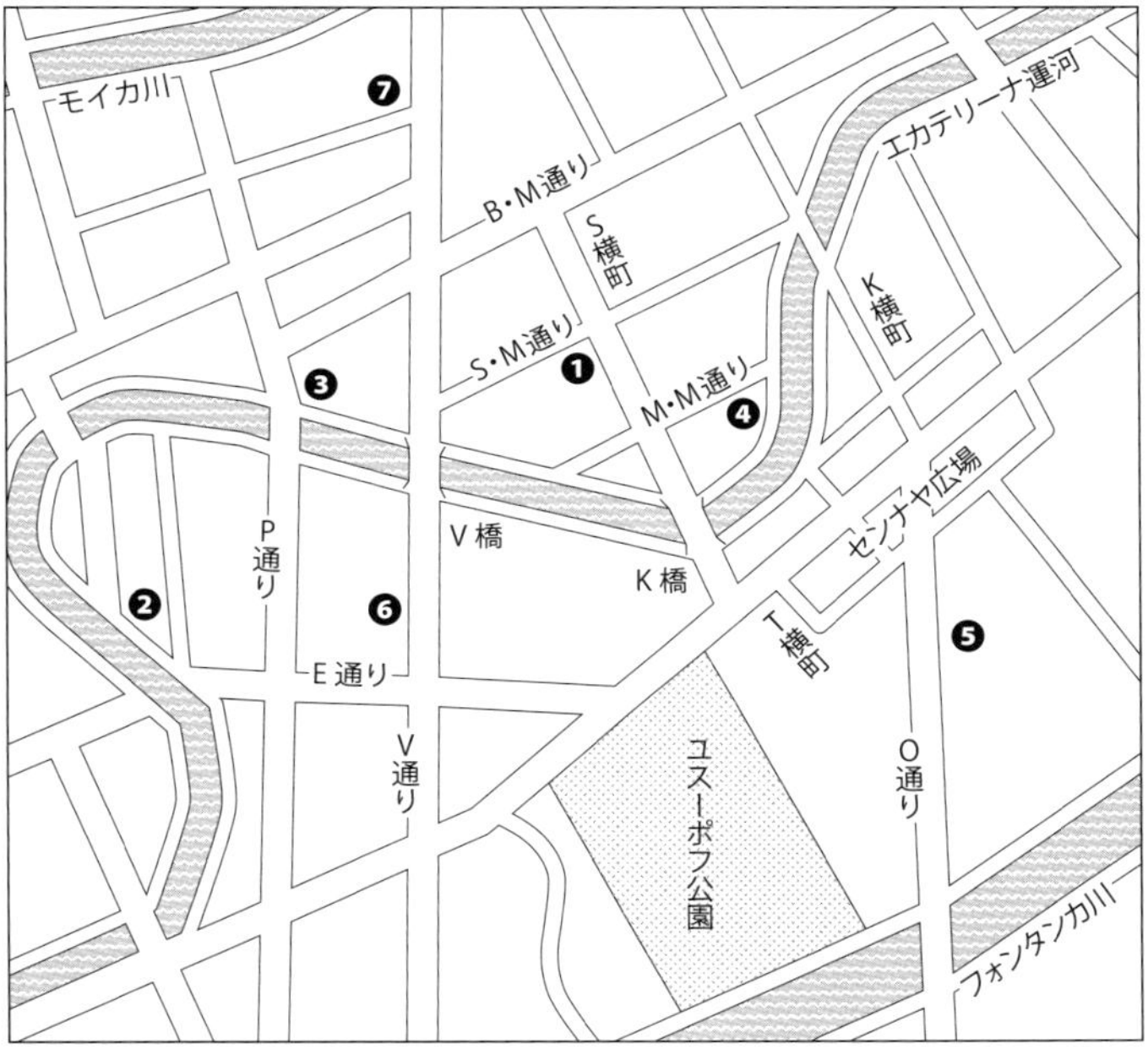

❶ ラスコーリニコフが間借りしている建物

❷ 金貸しのアリョーナの家

❸ ソーニャが間借りしている建物

❹ 警察署

❺ スヴィドリガイロフの行きつけの居酒屋

❻ ドゥーニャとプリヘーリヤが泊まっていた旅館

❼ 盗品を隠した場所

江川卓『謎とき『罪と罰』』（新潮選書）掲載図を参考に作成

I 『罪と罰』への道

はじめに

小野　『罪と罰』は、一八六六年に書かれたドストエフスキーの長編で、このとき、作者四十五歳、翻訳も最近の亀山郁夫さんまでで、十種類も出ています。

　小林秀雄は「『罪と罰』についてⅡ」（『ドストエフスキーの作品』所収）で、本邦初の翻訳者内田魯庵の「恰も広野に落雷に会って眼眩き耳聾ひたるがごとき、今までに会って覚えない甚深な感動を与えられた」という言葉をひき、「読んだ人には皆覚えがある筈だ。いかにもこの作のもたらす感動は強い。残念な事には、誰も真面目に読み返そうとしないのである」と書いています。

　たしかに、かつては教養の一冊として若者の必読書でしたが、じつは奥が深くて単なる「教養」では片づかない大人の小説なんです。なかなか危険なところがある。読みかえすごとに、新しい謎が出てきます。いわゆる「謎とき」ふうの謎だけではなく、生きる意味を問う根源的な謎も含めて、作家が無数にこめている謎、またドストエフスキーという作家の謎を追いはじめると興味がつきません。

もっとも『罪と罰』は筋だけを追っていくなら、よくある話なんです。知的で傲慢な貧乏学生が因業な金貸しの老女を殺すが、娼婦の愛にふれて改心するということですから。ところが考えもしなかった人物が現れて、マルメラードフとかスヴィドリガイロフがその代表ですが、登場人物の父母兄弟をふくめて過剰な性格を発揮して物語の枠をつき破ろうとする。そんな登場人物を追っていくと、いりくんだ複雑な物語が展開されていきます。

ぼくと中村さんは、岩波文庫本の江川卓訳を中心に読んでいきます。江川さんは『『罪と罰』は、断じて晦渋難解な文体では書かれていない。それは、きわめて具象的で、生活的で、ときには作者の息づかいが文章から聞きとれるほどインチームな文体である。だから、この文体を忠実に追うかぎり、難解なドストエフスキーなどでてくるはずもない……伝説にとらわれず、ドストエフスキーの素顔をのぞきこむこと、これが今度の翻訳で私のめざしたところだった」と、六六年に旺文社文庫版の翻訳のあとがきに記しています。ドストエフスキー翻訳の転回点になったものといえるでしょうか。
　各種の翻訳を対照しつつ読んでみると、原文はどうなっているのだろうという疑問が当然ながらわいてきます。引用文は、川崎さんに日本語らしさではなく、できるだけロシア語に沿った感じで翻訳してもらいます。

中村　その江川卓の『謎とき『罪と罰』』（新潮選書）は、物語の細部までドストエフスキーの言語的な仕掛けを解明しようとする、意表をつくような深読みが刺戟的で、いわゆる作家論・作品論とは一線を画し、作品を味読するための具体的かつ推理的な実証性そのものが物語的で、単なる読解マニュアルを越えた面白さがありましたね。

川崎　『罪と罰』という小説的装置のひとつひとつの謎が驚くほど詳細に解かれている。ただ、それがどうしたという読者も少なからず居たみたいですが、『謎とき』は数字や名称の謎をマニアックに解きながら、しかも問題の核心にせまる鋭さもあって、ドストエフスキー研究の一時代を画する成果といえるでしょう。

小野　ドストエフスキー論はあまたありますが、ベローフの『『罪と罰』注解』（糸川紘一訳、群像社）はよく参照しました。七九年が原書の初版のようですから、時代的な制約はあるのでしょうが、便利な本だと思います。江川さんも参考にしたのでしょう。

一八六五年の猛暑

川崎　『罪と罰』の出来事は猛暑の一八六五年七月のことですが、以前ぼくがソ連時代のレニングラードを訪れたときも、たまたま暑くて参ったですね。北国だからクーラーも扇風機もない。天井の高いホテルの部屋に蚊が一匹いて、しかも薄明の白夜なのでなかなか寝つけない。舞台になったサンクト・ペテルブルグはフィンランド湾の沼地にピョートル大帝が多くの犠牲者をだしながら強引に建設させた都市です。運河のような川が縦横に走り、季節によって湾岸や河川の氾濫もあったくらいですから、むしむしするのです。

小野　小説はその暑さをそのまままとりこんでいますね。この暑さが登場人物の狂気をあおりたてる。

川崎　しかもロシア人は暑さにひどく弱いので、『罪と罰』ではその暑気当たりによる鬱屈した気分が増幅されているように思います。

小野　この年一月に、モスクワでグルジア人の青年が高利貸しの老婆二人を殺害、裁判が八月に行われ、その速記録が九月上旬の『声』紙に連載されます。ドストエフスキーはこの事件に注目していたので、早速それを参考にした。そして舞台をペテルブルグに移し、夏の七月初句に代えて小説が始まるということでいいでしょうか。

川崎　ドストエフスキーはカトコフへの手紙で、「昨年モスクワにいた私は、大学紛争で除籍されたモスクワ大学の学生が郵便局を襲って局員を殺そうとした話を聞きました」と書いていて、自分の小説が「現代に向き合っている」という確信をもらしています。それでも『罪と罰』は単なる実録小説ではありませんね。ドストエフスキー自身の監獄体験後、作家の心中に人間の善悪、あるいはそれを超える何かについて鬱勃としたものがあったのでしょう。それが流刑地からの帰還とともに意識下で熟成し、老婆殺し事件で具体的に触発された。すでに兄と雑誌『時代』や『世紀』を発行するための参考にフランスから新聞をとりよせていましたが、頻発するフランスの殺人事件にもつよい関心をいだいていました。

小野　ドストエフスキーが流刑から何を学んだかということも『罪と罰』を理解するうえで必要ですね。

中村　青年ドストエフスキーの政治事件まで遡って考えたらどうでしょう。

川崎　一八一二年の、ロシアで「大祖国戦争」といわれるナポレオン戦争で、ロシア軍の貴族将校たちが、モスクワから敗走するフランス軍を追ってパリまで行き、ヨーロッパ近代国家の立憲体制を目の当たりにします。

ナポレオン軍には『赤と黒』の作家スタンダールも騎兵将校として勤務していて、モスクワで零下三〇度の冬将軍に襲われ、ほうほうの態で逃げ帰り、「地獄を見た」などと、あのスタンダールが言っているのですね。この戦争は双方に大きな被害と影響を残したのですが、そのロシアの貴族将校たちが、西欧に倣いロシアの改革をめざして一八二五年にペテルブルグの元老院広場で決起する。「十二月党員《デカブリスト》の乱」です。これは鎮圧されるが、ロシアの急進派の先駆的な役割を果たしたと見られています。

十二月党員たちがシベリアに流刑されて、その妻たちが、後にトボリスクを通過した護送囚人のドストエフスキーたちに聖書を贈り、この書が監獄で過ごすことになる作家の思考の原点になるのだから、歴史は樹木の根のように繋がっていますね。

そののち一八三〇年のフランス七月革命、四八年の二月革命の影響でヨーロッパ各国に反乱が起こり、その勢いがロシアの隣国にまで達したのです。実際、ロシアでも農民の一揆がしきりに起こっていた。ことの成り行きを恐れたニコライ一世が、急進派サークルにスパイを潜入させて、早手廻しにメンバーを一網打尽にしたのです。一八四九年、ドストエフスキーは参加していたペトラシェフスキーの会のメンバーとともに逮捕され、運命が一変しました。

ペトラシェフスキーの会

川崎　ドストエフスキーが読書会と呼ばれる社会思想研究会に参加するきっかけは、すでに新進作家として名が知られていた彼に、路上で主宰者のペトラシェフスキー自身が声をかけてきたということになっています。

小野　しかし、そうやって路上で呼びかけられて入会する程度ですから、グループ内でドストエフスキーは隅のほうにいたのではないですか。

川崎　それが、予想外でした。二十八歳のドストエフスキーは逮捕されたとき、かなりの大物だったんですよ。裁判の調書には「重要人物」と記入されています。会を創設したペトラシエフスキー本人や、のちに『悪霊』のスタヴローギンのモデルとなった神秘的なカリスマ性を漂わせるスペシネフと並んで、ドストエフスキーは「五人の頭目」の一人だったのですね。

中村　ペトロパヴロフスク要塞監獄に収監されたドストエフスキーはどんな取り調べを受けたのですか。

川崎　審問は八カ月続いたそうです。ある連中は赦免を乞い、細部にいたるまで白状して同志を裏切ることになるのですが、信念と誇りをもったメンバーはひじょうに慎重で用心ぶかく、かんたんな質問に対してすら言葉を濁しています。ドストエフスキーは余計なことは一切しゃべらず、自分が「信奉した」フーリエ主義のシステムがまったく無害であることを強調しました。

しかし、これは判事に対する目くらましの煙幕でしょう。ドストエフスキーがユートピア的な理想主義を無邪気に信じていたとはとても思えず、また逆に彼が過激なテロ戦術に走ったかといえば、これも考えにくいことです。まだテロルの時代ではなかった。もっともそれを唱える者が出てきて、ドストエフスキーも、なにしろ情熱的な人物ですからね、その熱気に打たれて、むしろテロルの煽動者になりかねない雰囲気はあったともいいます。

小野　結局ドストエフスキーは何の罪にとわれたわけですか。

川崎　ドストエフスキーが起訴されたのはベリンスキーの『ゴーゴリ宛書簡』を朗読したためで、これに対しドストエフスキーは、あくまで文学的な関心からベリンスキーの論文を「文学的資料」として朗読したのであると強弁しています。ですが、結局この書簡を朗読したことで起訴されるのです。その書簡はベリンスキーが晩年のゴーゴリのロシア正教的な保守主義を鋭く批判したもので、反ロシア正教的、反体制的な内容でした。当時としてはかなり過激な内容で、当局は、それを人前で朗読することは危険なアジテーションとみなした。確かにそれだけの内容ではありますね。

ここで考えておく必要があるのは、人生の後半、ドストエフスキー自身がペテルブルグで一、二を争うほどの名朗読家だったということです。彼がプーシキンの詩とか自作の小説を朗読しはじめると会場は電気にでも打たれたようにシーンとなったそうです。

さらにドストエフスキーはアポロン・マイコフとともに印刷機を設置したことで起訴されているのです。二人で印刷機の管理を任せられていましたが、当局が最初の家宅捜査で箱に入った印刷機を見逃し、証拠をにぎられていないと知ったドストエフスキーは「知らない」「聞いていない」「記憶にない」で通しました。当時の印刷機はいまでは考えられないほど情報と煽動のための貴重な機器だったので、ドストエフスキーが慎重に対応したことの意味は大きかった。これがばれていたら事態はさらに深刻になっていたでしょう。

ドストエフスキーの取り調べに当たった判事は、彼のことを「賢明で、独立心の強い、狡猾で、頑固な人物」と記入しています。「狡猾な」というのは、ロシア語でヒートゥルイ（хитрый）というのですが、砕いていえば「ずるがしこい」。ロシアではしかしこの言葉は日本ほどに否定的には受けとられていないのですね。悪いやつだが、やるじゃないか、「はしっこい」ぐらいの意味が含まれています。言葉のひびき自体がその意味をよく表しているでしょう。

『罪と罰』の予審判事ポルフィーリとラスコーリニコフのやりとりを思い起こしてください。駆け引きという点では判事のほうがラスコーリニコフより一枚も二枚も上手です。スヴィドリガイロフとラスコーリニコフの関係もそうでしたね。元法学部の秀才とはいえ、ラスコーリニコフはまだまだ「人生修行」が足りない若者です。

小野　ペトラシェフスキー事件で死刑判決をうけたドストエフスキーは、恩赦で政治囚としてシベリアの監獄に送られ四年の刑期を過ごし、さらに一兵卒、一将校として流刑生活を送り、十一年ぶりに首都に戻って、直後にアレクサンドル二世が発布した農奴解放令に接することになりますね。とはいえ、解放令の具体的な政策が十分ではなかったので急進派の不満は収まらない。

川崎　それでも帰還後のドストエフスキーは急進派の側につくということはしなかった。それにドストエフスキーの青年時代に比べると、六〇年代の政治運動は過激になっていたので、ドストエフスキーと彼らの距離はひろがるばかりでした。作家は急進派だけでなく半端なリベラリストまでも『忌まわしい話』や『鰐』などで鋭く批判し、皮肉な態度をとっています。『罪と罰』のドゥーニャの婚約者も戯画化されているでしょう。このえせリベラリストのルージンは、義弟になるはずのラスコーリニコフからもひどく嫌われています。政治社会が過激になった分だけドストエフスキーの反応も敏感になり、相対的に保守の場に立つことになるのです。相対的というのは、もちろん現状への不安感や反権力的な心情はそう簡単に払しょくできないでしょうから、作品にも微妙に反映してくるでしょう。

『死の家の記録』

小野　首都に帰還したドストエフスキーは、しばらくはおとなしくして、目立たないでいたのかと思ったら、そうじゃないのですね。殉教者、英雄として歓迎されていますね。執筆中の『死の家の記録』を文学の夕べで朗読したり、評論家のチェルヌイシェフスキーや有名な詩人で編集長のネクラーソフらと同じ席上で体験談を報告したりしています。六二年に監獄生活について書かれた『死の家の記録』は対立するチェルヌイシェフスキー派からも賞賛されているのですね。

川崎　七歳年下のトルストイも彼の『死の家の記録』は高く評価していますからね。「ドストエフスキーを尊敬している。よろしく伝えてください」などと知人に書いています。

この作品では、語り手が囚人たちに深い人間性や才能を認めています。危なっかしい囚人や一触即発の事件にふれながらも、全体を貫いているトーンが陰湿ではなく、最後の総括をふくめ祝祭的シーンすらあります。もっとも、皮肉なことにこれはいわばノンフィクションですから、いちばんドストエフスキーらしからぬ作品なんですよ。実体験にもとづく記録に近いものですから。

小野　ドストエフスキーらしくない『死の家の記録』のあとで、今度はいかにもドストエフスキーらしい『地下室の手記』（一八六四年）が執筆されますね。

中村　『罪と罰』の前にやはり『地下室の手記』をしっかり読んでおく必要がありそうですね。哲学者のベルジャーエフは『地下室の手記』からドストエフスキーは全く変わったといっているし（『ドストエフスキーの世界観』）、アンドレ・ジッドはドストエフスキーの全作品をとく鍵だと評価していますから（『ドストエフスキー』）。

川崎　ロシア語では『ザピースキ・イス・ポドポーリヤ（Записки из подполья）』で、文字通り訳せば『地下の中からの手記』です。これが邦訳では分かりやすい『地下生活者の手記』とか、または『地下室の手記』とよばれていますが、『地下室の手記』のほうは一見主語がないので、日本語に特有のあいまいな表現だと非難する人もいます。たしかに散文的にいえば『地下生活者の手記』でしょうが、詩で使う隠喩的な表現として、ぼくは『地下室の手記』でいいと思います。

チェルヌイシェフスキーとの相克

小野　『地下室の手記』は反チェルヌイシェフスキーの思想として登場したわけですが、チェルヌイシェフスキーはそれほどの人物だったのですか。

川崎　彼が逮捕されて獄中で『何をなすべきか』を執筆する前のことですが、六二年五月十六日にペテルブルグで大火が起こり、二週間もつづきました。この大火は歴史的な事件だった。ドストエフスキーはチェルヌイシェフスキーがその事件の背後で糸を引いているとみていた。また編集者への手紙でも、チェルヌイシェフスキーが民衆に対してすごい影響力を持っていると書いていますね。

ある日、ドストエフスキーの住居の入り口脇に檄文が貼られていたので、彼はそれをはがしてチェルヌイシェフスキーの所へ持参しました。チェルヌイシェフスキーは喜んでドストエフスキーを迎えいれ応接間に通したが、「自分は檄文作成にはかかわっていないし、放火している連中のことも知らない」と答えます。ドストエフスキーは「あなたが放火を中止せよと書けば連中もいうことを聞きますよ」と七歳上の相手に詰めよったのですが、チェルヌイシェフスキーは「いや効き目はないでしょう」と軽くかわしているのです。

しかし警察は大火のときもチェルヌイシェフスキーの住居に張り込みを続け、状況証拠以外に具体的な証拠資料が欲しいので、これを偽造して六二年七月七日、チェルヌイシェフスキーを逮捕し、ペテルブルグの要塞監獄に監禁しました。チェルヌイシェフスキーは監獄で、青年たちに多大な影響をあたえることになる小説『何をなすべきか』を執筆したのです。

チェルヌイシェフスキーは詩人で編集長のネクラーソフに頼んでそれを『現代人』誌の六三年の三月号から掲載してもらった。検閲官が掲載を許可したのは、彼らには小説がひどい駄作に思えたので、チェルヌイシェフスキーの権威が失墜することを期待したからです。実際、感心できる所もあるが、つまらない所も多いのですね、この小説は。

小野　『何をなすべきか』は、邦訳が岩波文庫（金子幸彦訳）で出ていましたが、読んでいません。どんなことをアピールしているのですか。

川崎　小説で打ちだしているのは資本主義社会への批判、中流家庭の束縛からの娘の解放と自由、女性の社会進出、恋愛の自由、空想社会主義者フーリエふうの牧歌的で小規模な裁縫工場の立ち上げと発展、愛する女性のために身をひき親友にゆずる自己犠牲、ずばぬけた知力と腕力をもつ青年革命家の新しいタイプの出現などです。

しかし現代の立場で読むと、教訓を示すチェルヌイシェフスキーの目線が幼稚だし、作中人物の言動もヒロイックすぎて、まあ、コミックならいいでしょうけど。

ところが予期せぬことに、小説は若い読者の熱烈な支持を得てバイブル扱いされたらしいですね。ちょうどドストエフスキーが『地下室の手記』を書き終えた頃、一八六四年五月十三日のことですが、チェルヌイシェフスキーはペテルブルグの広場で雨の降りしきるなか、祈るように跪かせられ、頭上で剣を折る処刑の儀式を受け、七年の懲役刑を宣告され、残りの生涯をシベリアの寒村で過ごすことになったのです。

『何をなすべきか』

小野　一見、不平ばかりつぶやいているような『地下室の手記』ですが、実に面白いです。しかもそれ相応の背景があるわけですね。

川崎　ドストエフスキーが『地下室の手記』で、『何をなすべきか』のパロディとして書いた部分が、第二部の「ぼた雪の連想」です。二十四歳の「ぼく」が大男の将校からビリヤード場で、ぽいと身体ごと脇へどかされて屈辱感を味わわされて以来、路上で出合うたびに、その将校に道を譲らずにぶつかって報復しようとするのですが、実際にはいつも自分が身をひいてしまう。それが何年も続いて主人公は歯ぎしりしているのです。これが何を意味しているかというと、『何をなすべきか』の革命青年ラフメートフが、立ちふさがるやくざな相手を路上からつまみだす、このミーハー的な武勇伝への明らかなパロディです。『地下室の手記』の第二部「ぼた雪」の主人公は、ダメ男に仕立てられていますから、同じ行為をしても不快な相手をつまみだすのではなく、逆につまみだされる。作者はその卑屈の高みから、そんなヒロイズムは古くて幼稚だよとチェルヌイシェフスキー派の倫理観をわらっているのですね。四年間も監獄で悪党たちと接した人間の眼から見れば、チェルヌイシェフスキーの理想主義的な革命家像なんて甘っちょろいものだったでしょうからね。

ナボコフの『賜物』（沼野充義訳、河出書房新社）によると、チェルヌイシェフスキーは単に机上の理論家ではなく活動家として、はや農奴解放令の年、ドストエフスキーが流刑から首都に戻ってきた一八六一年七月に、ナロードニキ系の革命グループで、次のように提案していたのです。

ぼくもこれには驚いた。これほどの実践家とは知らなかった。チェルヌイシェフスキーの提案では、地下組織の基本となる五人組細胞を組織するように、さらに各々が下部細胞をつくり、左右の顔しか知らないようにする。すべての党員を知っているのは中央だけ、いやチェルヌイシェフスキーだけだった。

活動家らの間では六三年に革命が起こると信じられていて、将来の閣僚名簿ではチェルヌイシェフスキーが首相に指名されていたというから、これにも驚いた。ドストエフスキーがペテルブルグの大火を鎮めるようチェルヌイシェフスキーに懇請したときに、自分にはそんな力はないなどとよくもいえたものですね。

小野　五人組というと『悪霊』に出てくるピョートルの組織を連想させますね。サビンコフの『テロリスト群像』（川崎浹訳、岩波現代文庫）を読むと、社会革命党（エスエル）「戦闘団」そのものが基本的に各班五人構成ですね。チェルヌイシェフスキーの系譜に立つ「人民の意志」派の系統ですから、五人という数字もチェルヌイシェフスキーが元祖なのでしょうか。

川崎　『地下室の手記』にも『罪と罰』にも、その背景には現代のぼくらが考える以上に、左翼批評家やリベラリストの主張が頭上の岩盤のように張り出していたのです。

ドストエフスキーは陸軍工兵学校を出て役所勤めのころ、土木の設計図引きは退屈でしょうがなかった。こういう人はもし作家になれなかったら、おそらくジャーナリストになったでしょう。そのくらい社会現象や人間の生活に好奇心が強かった。彼はヨーロッパの動静から、世情のスキャンダルまで拾って新聞記事を読み、自分ものちに『作家の日記』という表題でさまざまな記事を連載しています。その根底にあるのは社会評論家や文明批評家としての好奇心ですね。

地下生活者の自意識

中村　『地下室の手記』はたいして評価されなかった。

川崎　一般読者に内容が理解できなかったのでしょう。ごく少数の知人だけが評価していた。

小野　背景を知って『地下室の手記』を読むと、この小説がかなり時事的な問題を含んでいることが分かりますね。

川崎　目の前の時事問題をとりあげ、それに反駁しながら真っ向から自説を主張する。それがどんどん普遍的な深みに入っていく。『地下室』の主人公はユートピア志向とか、幸福への願望とかを手厳しく批判している。とくに第七節に当たる部分が、名前こそあげてないものの、チェルヌイシェフスキーの小説『何をなすべきか』を批判したものです。その『何をなすべきか』の根底にあるのは「人間を啓蒙して真の利益に目を開いてやれば、人間はそれぞれに個性を発揮してりっぱな善人となり、他人の利益のために奉仕するだろう」という楽天主義です。これにドストエフスキーは真っ向から反対したのです。なにしろ囚人たちと四年間暮らしてきたのですから。
彼が基本的に言いたかったのは、人間を人間たらしめるものは「合理」や「理性」ではなく「意欲」と「自由」だということです。そして『地下室』の重要な要素として「自意識」があると。

中村　自意識とはいっても、あらかじめ実体的に持っているようなものではない。それは自覚的に語ることによって、初めて胚胎され増殖されてくる。語るという行為の中でこそ自意識が発生するのだと思います。営々と語るという思考の運動性によって自意識のようなものが出てくるということですね。だからこそ、不安定で簡単に分裂もおこる。

川崎　たえず動いている自意識。『地下室』の主人公は自意識に悩まされている。しかも過剰な意識は病気だと言う。いや、意識そのものが病気だと言う。細胞分裂からも分かるように、意識の分裂というより分裂こそが意識なのですね。これが「近代」の始まりです。主人公もそう云っている。『地下室の手記』では、「自由」という基本的な概念を表す単語が「欲しいまま」とか「意欲」とか「意志」とかに次々と名称を代えながら展開されますね。ロシア語のヴォーリャ（воля）には意志と自由の二つの意味があるのです。その対極に「ピアノの鍵盤」とか「壁」とか「数学」などの自由とは正反対の概念がある。そこから衝突が起こり、弁証法的な展開が始まる。

一つの主張が渦巻くように螺旋をえがき上昇して行くのです。竜巻の頂点にあるのが、「一杯のお茶を飲むためなら世界が滅んでもいい」という考え。この危険な世界観が『罪と罰』のラスコーリニコフの殺人につながっていく。だから『地下室の手記』は『罪と罰』の火薬庫です。

一例をあげれば、第二次大戦後の「不条理の文学」といわれるカミュの『異邦人』が、その現代版ですね。カミュはドストエフスキーの後継者でもありますが、だから、「砂浜で太陽がまぶしかったから」ピストルを撃ってアラブ人を殺す。自分の気分だけで人を殺す、この人物像を明確にしたことがぼくらに衝撃をあたえたのです。

小野　『地下室の手記』の主人公はマゾヒストぶったり、ひねくれたり、屈折したポーズを終わりまで続けていますが、これをフロイトのサディズムやマゾヒズムの心理学で整理すると、話がそれだけで終わってしまいますね。

川崎　ひねくれたり、突っかかったりする擬態は主人公が自分の主張を強力に展開するための戦略ですね。『地下室』の思想のうねりは弁証法なんですよ。正・反・合で展開されるのですから。例えば正のテーゼに「何者かとしての肩書きを持つ社会人」を措定すると、反としてのテーゼには「何者にもなれないひねくれた愚かな自分」が措定されるのです、ところが正反合の合はねじれて反転、総合されて「いまどき何者かになれるのは馬鹿だけだ」という結論。ついつい笑ってしまうでしょう。

実はその答えはゴーゴリが『鼻』ですでに出していましたね。『鼻』の主人公はある朝自分の鼻が消えていることに気づき、あわてふためいて鼻を探しまわり、周囲からは不審がられ、歩道を歩いている鼻自身にも無視され、苦労の末に鼻に戻ってもらう。主人公はやっと元の自分、七等官の肩書きとプライドを持つ「何者」かに戻ることができた。鼻は主人公のシンボルだった。ドストエフスキーは自分はゴーゴリから生まれたと言っていますが、そのとおりでしょう。こういう思考の流れはカフカにも継がれますね。つまり二十世紀的なんですよ。

犯罪の心理学

小野　『地下室の手記』が兄ミハイル発行の『世紀』に連載されたのが六四年の三、四月。四月十五日にはシベリアから連れてきた妻マリアが結核で亡くなっている。これはドストエフスキーにとって一種の解放だったかもしれませんが、兄ミハイルが七月に肝臓癌で亡くなったこと、これは一大ショックだったでしょう。ドストエフスキー兄弟で経営する雑誌は莫大な負債をかかえていたので、結局、翌六五年の初めに廃刊になります。兄が亡くならずに雑誌の経営がつづいていれば、ドストエフスキーはその後も経済的に楽な生活が送れたんじゃないでしょうか。

ところが兄の家族と、亡妻マリアの連れ子である息子の面倒を見なければならなくなる。破産とてんかんと、縁戚の面倒、女性関係。どれひとつ取ってもたいへんなトラブルの中で翌年『罪と罰』の創作にとりかかるのです。

中村　てんかんの発作は一八五〇年に始まり、五三年からは少なくとも当分は毎月月末に発作を起こしたとあり、症状も記されていますが、読むだけでも気が重くなるような症状なので、本人のストレスはどれほどだったことか。『罪と罰』を執筆中の十月中旬など週に三回も発作を起こしているのですから。

小野　帝政ロシアの財政は赤字。インフレで複数の文芸誌はつぶれるし、先行き不安の状態でした。ドストエフスキーの『世紀』は資金難のため廃刊、何百何千ルーブリをあちこちから約束手形で借りているのに、彼自身は質屋にかよい、十ルーブリとか十五ルーブリとかほそぼそと借金している。まるで綱渡りの人生ですね、そんな中でよくも長編小説の構想を立てたり、書いたりできたものですね。六五年にドストエフスキーは不良出版業者と、それまでの全作品を安い価格で譲渡するという不利な契約を結び、ひとまずこれで負債を返し、七月中旬国外に出ています。

川崎　『罪と罰』の「創作ノート」は国外に出る前の六五年五月頃からメモされていますが、小説が書かれたのは八月中旬です。九月の前半、『ロシア報知』のカトコフ編集長に小説の概要を知らせ、題名は決まらぬまま「ひとつの犯罪の心理学的報告書」だと伝えています。ここでドストエフスキーは『罪と罰』の主人公の立ち位置をかなりはっきりと示しています。

この小説では犯罪心理のあらゆる経過が展開されるのです。解決不能な問題が殺人者の前に立ちはだかり、疑うことのできぬ思いがけない感情が彼の心を苦しめるのです。神の真理と地上の法が勝ちを占めて、最終的に犯罪者は自首せざるを得なくなります。というのはたとえ監獄で身を滅ぼすことになろうと、ふたたび人間との絆を結びたいと願うようになるからです。犯罪の遂行後ただちに彼が実感した人類からの断絶感や遊離感が彼を苦しめたのです。真実の法と人間的な本性が勝ちを占めるのです……。犯罪者は自分の行為を贖うために苦悩を引きうけることを自ら決めるのです。もっとも、私の考えを十分に説明することはとてもできそうにありません。（一八六五年九月。以下、訳者名なきものは川崎訳）

ここで伝えられているのは勧善懲悪ですね。悪い行いをこらしめ、善い行いをすすめる。「神の真理と地上の法」があって、それが主人公を罰するのであると。

同時に『罪と罰』は作家が主人公を試しながら、自分自身をも試す実験小説でもあるわけですから、心理と思想の冒険小説といっていい。作家は主人公がどうなるのか書いてみないと分からない部分があるのですね。ぼくはね、それで逆に、にもかかわらず「神の真理」といったような倫理基準が示されているので、一寸意外な気がしたのですよ。

それに彼はとくに出獄後も殆ど生涯、当局の監視下に置かれていたので、「神の真理と地上の法」に従順であることを強調しておく必要があったかもしれません。ラスコーリニコフは自分本意の考え方で「生きていても何の価値もない」老婆を殺害する。「一杯のお茶を飲みたい」ときに人間に値せぬ人間を殺すのがなぜ悪いのか。これは現代にも問われている難問です。そこでドストエフスキーは「神の真理」と「人間の本性」をもちだす。しかし「神」とか「本性」とかいうものは人間の無意識層にあるもので、目に見えるものではありません。『罪と罰』の執筆は無意識との闘いとなり、実験小説にならざるを得ない。しかもドストエフスキー自身、「人間が限りなく変転してゆき、いつかは人間であることを止める人間になるだろう、とするならば人間に本性などない」と『手帖より』に明記しています。これはドストエフスキーの人間観として最も根底にあるものですね。

作家がカトコフへの書簡で最後に「私の考えを十分に説明することはとてもできそうにありません」といっているのも、もっともな話ですね。書いてみないと分からない。

『酔いどれたち』

小野　ドストエフスキーは生活に困って、『サンクト・ペテルブルグ報知』に前年から練っていた中編小説『酔いどれたち』を三千ルーブリで売り込んで前借りしようとしたが、思うようにいかなかった。

川崎　『酔いどれたち』が採用されなかったのはむしろよかった。というのは八月にヴィスバーデンに赴き、書きはじめた小説『犯罪の心理学』に『酔いどれたち』が融合して長編の渦が発生することになったからです。

小野　『酔いどれたち』とはどんな内容だったのでしょう。

川崎　「創作ノート」ではいきなり登場人物が「仕事がないから飲んでいるんだ」と弁明し、相手とのやりとりになります。「お前嘘いうなよ、道徳心がないから働かないのだろう」。「そうだとも、道徳がないのは、仕事がながい間、百五十年も無かったからだ」。つまり百五十年前に首都ペテルブルグを創設したピョートル大帝を批判しているのですね。

これはドストエフスキーのピョートル大帝批判が背景にあってのことです。作家は当時のチェルヌイシェフスキーのような急進派の源流はピョートルの近代化政策にあるとみていたのです。ですから酔いどれ現象はピョートル大帝以降の道徳の低下、青少年への不十分な教育、政治社会の混乱の結果だと言おうとしている。

創作上は、酔いどれのマルメラードフが登場することで、「黙示録」や予定調和の思想を持ちこむことになります。しかし「ヨハネの黙示録」は憤怒と復讐の書ですから、マルメラードフが巻いている酒場のクダを裏返すと、その遠くの背景にはドストエフスキーの社会批判が見えてくる。だからソ連時代にもドストエフスキーの作品は歓迎されなかったが、『罪と罰』は貧困や格差に対する批判的リアリズムとして容認されていた。

創作面に戻りますが、マルメラードフはまた家族をつれて小説の本筋に乗りこんでくるので、病身の妻カテリーナや娘のソーニャ、カテリーナの連れ子たち、それにまつわる人間関係が浮上して作品が多彩になりました。

一人称から三人称へ

小野　六五年十月中旬、ドストエフスキーがヨーロッパからコペンハーゲンを経由して、船で戻ります。当時コペンハーゲンには、ドストエフスキーが流刑地時代からずいぶん世話になった友人の外交官ウランゲリ男爵が駐在していたので、そこに立ち寄ります。ドストエフスキーはかつて流刑地では手紙や伝言やら、ペテルブルグや保養地では借金を申し込んだり、ずいぶん世話になっているのです。

川崎　おもしろいのは、翌年『罪と罰』が連載されて首都ではすごく評判になったのに、デンマークにまではその空気が伝わらなかったんでしょうね、ウランゲリが手紙で、ドストエフスキーに定職につくよう真剣に勧めていることです。

小野　六五年十月、コペンハーゲンからの船の中か、或いは帰国後に、一人称小説から三人称に変わったといいますね。

中村　現在の『罪と罰』のような長編小説が最初は一人称で書かれていたとは、実に面白いですね。

小野　最初は長編を書くつもりではなかったのでしょう。主人公が独白をのべている間は一人称でいいけど、社会に出て行為するとなると、どうしても他者から視線を浴びることになる。すると一人称では限界が生じる。客観的でないというか。

中村　一人称だから主観的で、三人称だから客観的だとか、そう簡単に判断できないと思います。ただ一人称では全景的な描写が難しい。「私」にすると、語り手は神の視点には立てないから、見えないデッドゾーンが出てくる。したがって「私」だと外景の描き方は狭いけども焦点化される。一方、心理的な内景は深く描ける。三人称にすると複旋律というか、複数の視点が可能となり、ノイズ的な旋律も入れることができる。そうした雑情報というかズレや矛盾もふくめて増幅される。『罪と罰』の序章というべき『地下室の手記』の主人公は「私」で名前がありませんが、この「私」は内景を広げ、奥へ入っていけます。そうした視点の制約を奔放に無視した小説もあり得るわけで、ごく一般的な説明にすぎませんが。

川崎　『罪と罰』の「創作ノート」ではラスコーリニコフがすでに老婆を殺し、犯行を一人称で回想するところから始まっていますが、どこから一人称でつじつまが合わなくなるかというと、事件の翌朝、警察に召喚され、ふと昨晩の老婆殺しの話が耳に入ったときに失神しますね。このときの情景が描写されているけど、第三者の視点があればこそでしょう。

小野　最初、一人称だったのは、『地下室の手記』の延長にあったからではないですか。

時代風潮

川崎　たしかに。ここでついでに『地下室の手記』に戻ると、主人公の「私」が強く批判している唯物論（モレーショット）や、功利主義（ミル）、進化論（ダーウィン）や数学的論理などの時代思潮を、『地下室の手記』の延長線上にいるはずのラスコーリニコフは、逆に自分の世界観の下敷きにしていますね。

そこがわが主人公ラスコーリニコフに対するドストエフスキーの批判点でもあるわけですが、しかし、ラスコーリニコフは同時に『地下室の手記』の主人公の主張を受けつぎ、さらに深めていますね。計算ずくの幸福への「凡人」の道ではなく、一杯のお茶を飲むためには地球がひっくり返ってもかまわない、そういう意志や自由にこそ、つまりエゴイズムですが、「非凡」な人間の生き方がある。ましてや虱《しらみ》のように有害な老婆を殺して、奪った金を有効に役立てることのどこが悪い？

つまりラスコーリニコフには『地下室の手記』の主人公自身とその仮想敵が共存している。それはラスコーリニコフが時代の風潮を一身に背負っているからです。

『地下室の手記』で主人公が主張した「意志」や「放恣」という名の自由は人間社会でどこま

で通用し、またどこまで人間の殻を超え出ることになるのか。それをドストエフスキーは『罪と罰』でラスコーリニコフに託して実験したのでしょう。これは先ほど言った個の問題であると同時に、民族や国家レベルで自由がどれほどの代価を支払わねばならぬかという、人間と社会の関係の問題でもあるわけです。

ドストエフスキーが流刑地から戻ってきたばかりの六一年二月に農奴解放令が発布されますが、知識人や学生たちはこれに満足せず、さらに自由で民主的な社会を要求するようになります。その年の秋、ペテルブルグで新しい大学制度の条例作りが文部省によって進められ、それがジャーナリズムの紙上で激しい論議を招くことになります。学生たちも新条例の作成に反発し、自分たちのグループや図書館をつくり、さらに融資窓口をもうけたり、また文集を出したり、代表を文部省に送りこんだりしました。

大学当局に押し寄せた学生たちは警察の手におえず、軍隊が出動して九百人のうち二百人を逮捕し、要塞監獄に拘置しました。この間、学生たちはさまざまな行動に出た。ある者たちは大学の名簿や成績表を破り捨て、気にいらぬ教授の授業はボイコットした。別の連中は自由化政策の波に乗って政治的な要求を推し進め、なかには皇位継承者を拉致して人質にとりアレクサンドル二世に憲法制定を迫る、という計画を実行しようとする過激なグループもありました。

ぼくが指摘したいのは六四年『罪と罰』が着想されたときに、ラスコーリニコフは「元学生」として扱われていることです。大学紛争のさなかに中退していて、年齢は二十三歳。彼は紛争のときにたとえ間接的にではあれ、なんらかの影響をうけていたことは明らかです。大学に通わなくなった学生というのは、授業を受けられるような状態にない大学紛争の落とし子です。小野さんや中村さんは六、七〇年代の紛争期に学生時代を過ごし、ぼくは若い教員として当時を経験しているので、お互いによく分かっていますよね。

ラスコーリニコフ自身ははじめてソーニャを訪れた日に「学費が続かなくなって、一時退学しなければならなくなった」と弁解していますが、それも紛争が吹き荒れた時代の雰囲気にまきこまれ、アルバイトで稼ぐという地道な努力をする気がなくなったのかもしれない。ドストエフスキー自身が『作家の日記』で、学生紛争のせいで学生がおかしくなったと書いています。

小野　そうすると、時代の矛盾を凝縮した若者、ラスコーリニコフの登場ということになりますね。

川崎　同じパターンが二十数年後にチェーホフの戯曲『かもめ』の作家志望のトレープレフや、『桜の園』の「万年学生」トロフィーモフでくり返されています。

II　老婆殺害

ТРАКТИРЪ

小説の冒頭

川崎　それでは読んでみましょう。

七月初めの、ひどく暑い日の夕暮どき、ひとりの青年がS横町の借家人に又借りしている小部屋から路上に出て、決心がつきかねたかのように、ゆっくりとK橋に足を向けた。

青年は幸い貸し主のおかみさんと階段で鉢合わせせずにすんだ。かれの小部屋は高い五階建ての屋根裏にあって、部屋というより戸棚というほうが似つかわしかった。かれに小部屋を貸し、食事と給仕女のサービスをあてがっていた貸し主の主婦が、下のフロアの一画に暮らしていたので、かれは外出するたびに、階段側にほとんど開け放たれた彼女の台所のそばを通らねばならない。というわけで青年はそばを通るたびになんとなく怖れていて、それがまた気恥ずかしく、いまいましくもあり、顔をひきつらせていた。主婦に払う下宿代が滞っていたので、かれは彼女に出くわすのではないかとびくついていたのだ。

とはいえ、かれはそんなに臆病でおどおどしているわけではなく、というよりむしろその逆で、ただある時期から苛だちやすくて張りつめたヒポコンデリーにも似た症状を呈しはじめていた。かれは自分の内に閉じこもり、みんなを避けていたので、主婦はいうまでもなく、相手が誰だろうと出逢いそのものを恐れていた。金欠に押しひしがれていたとはいえ、最近はこのひっ迫した状態も苦にならなくなった。その日暮らしの仕事をやめ、それにかかずらう気もなくなったからでもある。おかみさんがどんな企みを思いつこうと、実のところかれは少しも恐れていなかった。しかし階段で顔を合わせ、かれにはなんの係わりもない世間の雑事についてくだらない話を聞かされ、しつこく支払いをもとめられ、脅されたり訴えられたり、自分もまた言い逃れをして、謝ったり、嘘をついたりするよりは、猫かなんぞのようにそっと人目につかず階段をすり抜けるほうがましだった。

しかし、このときは通りに出たところで、借りのある主婦との出遭いをこんなに怖れている自分にあきれてしまった。「あれだけのことを遂《や》ろうとしている人間が、こんな下らないことにびくついているなんて！」そう考えてかれは奇妙なうすら笑いを浮かべた。「うーむ、たしかにすべてが人間の掌中にあるのに、ただ怖じ気づいているばかりに、手もつけないで通りすぎてしまう。これはもう自明の理だ……一体、何をそんなに怖れているんだ？　新しい一歩をだろ、新しい自分の言葉をいちばん怖れているんだろ……しかし、自分はちょっとおしゃべりしすぎるな。だから何もできないでいるんだ、しかし、というより、ひきもきらず部屋に籠もって愚にもつかぬことを考えて何もしないでいるから、おしゃべりばかりしているんだろ。一体、なんで自分はこうやって出かけているんだ？　一体、自分にはあれを遂《なしとげ》るだけの能力があるのか？　あれを本気で遂るつもりか。とても本気とはいえまい。これじゃ幻想を玩具のように弄んで自分を慰めているだけだろ！」

（第一部一章）

小野　うまくできてますね。最初は青年が歩いて行く、それがラスコーリニコフだと分かるのはずっとあとになってからでしょう。なんだか映画のはじまりみたいですね。ドストエフスキーの描写はひじょうに映像的で、描写どおりにイメージしていくと、理想的な舞台装置ができあがる。

川崎　主人公は「あれが本当に遂《や》れるのだろうか」とくり返す。傍点付きの「あれ」という謎の指示代名詞がでてきて、ぼくはその正体を知りたくて、推理小説を読むような好奇心でラスコーリニコフを追いかけるのです。すると質屋に着きますね。そしてやっと、主人公が実践しようとしている「あれ」が主人公にとって「醜い」こと、「嫌悪」の対象であることがわかってくる。主人公は美醜の醜として、つまり倫理的にではなく美しいか醜いかの美学上の立場から醜と見ている。「あれ」つまり、これから実践しなければならぬ行為を読者には明かさず、醜いものとして嫌悪感をいだいている。しかも「あれ」と指示されている思いつきは、ひとつの必然のようにくり返しくり返し彼に誘いかけてくる。

中村　この冒頭に関しては、小説全体をめぐる脈動とも言うべき表現がたくさん現われています。かつてこの冒頭を詳しく論じた文を書いたことがあるのですが、ここではとりあえず、二つだけ述べておきたいと思います。たとえば、「日暮れどき」です。この昼と夜のあわい、始まりでもあり終りでもある境界的な時間は、ラスコーリニコフの決断と優柔不断の間の宙吊り意識、過渡的な精神の境位を示していると思います。この物語の結束点にくりかえし出現する夕景とも関係がある。また空間的なイメージの「橋」の境界性にも関与するかもしれません。そこはまさしく「あれ」へと越境できるかどうか、煩悶の場です。それと、大事なのはラスコーリニコフの部屋が「また借り」という事実ですね。不安定な根無し草的な存在を暗示しているにちがいありません。しかも主人公が顔をあわすことを恐れている貸主の「主婦」もまた借家人です。「また借り」は当時のペテルブルグの下層庶民のごく一般的な居住形態だったそうですね。

小野　最初の所でお手伝いのナスターシャがラスコーリニコフに「あんた何をしているの？」と尋ねる場面がありますね。第一部を内田魯庵訳で読んだ北村透谷が「下宿屋の下婢が彼を嘲けりて、其為すところなきを責むるや、「考へる事」を為すと云ひて、田舎娘を驚かし……」（「罪と罰」『透谷全集』第二巻）と注目しているところです。漱石も鴎外も『罪と罰』に親しめなかった時代に、北村透谷は自分の問題だったのでしょうが、よく読んでいますね。

「あんた、この頃どうして何もしないの？」

「している」とラスコーリニコフは嫌々ながらぶっきらぼうに言った。

「何をしているの？」

「仕事だよ」

「どんな仕事さ？」

ひと呼吸おいて、かれはまじめな顔で答えた。「考えることだよ」
ナスターシャは身をよじって笑いだした。

（第一部三章）

ロシア文学には「余計者の系譜」というのがありました。

中村　オブローモフですね。無気力、無関心、優柔不断で空想癖にひたる無為怠惰な人物。これは近代文学の主題でもありました。例えばアメリカではメルヴィルの『代書人バートルビー』も思い出します。同じく登場人物の系譜があって。

川崎　そう、以前はオブローモフ気質とか主義とか呼ばれたものですね。ロシア文学に「余計者の系譜」はかなり密着していましたから。プーシキンの『オネーギン』、ゴーゴリの『狂人日記』、ツルゲーネフの『ルージン』、ゴンチャロフの『オブローモフ』、『罪と罰』のラスコーリニコフと、えんえんと続きますね。体制からドロップアウトした者たちですが、そのひずみや滓のなかに社会の真実が映されるといわれてきました。

小野　北村透谷のラスコーリニコフ解釈は、あの早い時期としては格段のものなのですね。明治二十五年、一八九二年といえば、ドストエフスキー死後まだ十二年目のことでしょう。

川崎　そうです。ヴォギュエという大使館勤めのフランス人ロシア文学者がいて、一八八〇年に執筆した本が、初めての「十九世紀ロシア文学」紹介書なんですね。ドストエフスキーが亡くなる年でしたが、しかし他方でドストエフスキーが正当に評価されるまでにはロシアやヨーロッパでさえ、少なくとも死後十年は要したといわれるので、「東海の島国」日本で透谷がドストエフスキーをすでに理解していたというのは誇らしい。

ヒポコンデリー

小野　冒頭にラスコーリニコフの精神状態を規定するところで、「ヒポコンデリー」が使われています。ヒポコンデリーって何でしょうね。

川崎　このヒポコンデリーというのがくせ者で、歴代の翻訳者も困ったでしょう。ぼくは「憂鬱病」の「鬱」に当たるのかなとも思ったりして。

中村　「鬱」というのは一般的すぎて。意味がひろすぎませんか。「鬱」だとすれば、単なる気分の浮沈の問題で、ほんとうは選民思想も実際は偽装工作で、最初から信じていないのではないかと思いたくなる。鬼面人を驚かす大思想をもちだしてきても、そんなのは単なる青年期の気分の心象にすぎなくなる。

川崎　「ヒポコンデリー」は、古くは内田魯庵、米川訳から江川訳に至るまでの殆どがロシア語のイポホンドリヤ（ипохондрия）をそのまま直訳してヒポコンデリーとしている。これがいちばん無難で、日本でも昔一時はやった言葉ですよ。しかし定義を迫られると困った。それでぼくがロシア語の『外来ロシア語彙辞典』で調べたら、ヒポコンデリーは抑鬱と猜疑心に苛まれる病気とあるのです。ついでに日本語の『医療事典』を見るとヒポコンデリーは「心気症」とあり、「なにかの病気に罹っているという妄想。鬱を合併していることがある」として、次のような説明があります。

Obsessive-Compulsive Disorder, OCD ＝強迫性障害。脅迫性神経症。
hipochonderia ヒポコンデリー＝憂鬱病。心気症。自分が病気だと思いこむ病気。

小野　亀山訳は「心気症」、工藤精一郎は「強迫神経症」と訳していますね。内田魯庵訳は、「ヒポコンデリに均しき神経的沈欝症《ナーバス・デプレッション》」です。「ヒポコンデリ」の下についた註釈みたいなのは、底本とした英訳本にあるのでしょう。

川崎　これは病気についての幻想ではなく、一般的に何かに取り憑かれている病いを指しているのですね。くり返し襲ってくる妄想。ラスコーリニコフはたえず目標としての「あれ」とか、これから対面する「あれ」のヴァリエーション、例えば「ある重大な一点」とかの想念にとりつかれている。

ヒポコンデリーは『罪と罰』の数カ所で使用されていますが、ヒポコンデリーの定義は書かれてないのです。したがってラスコーリニコフの病状については、彼自身がいささか混乱ぎみに自分を分析する診断と（第二部二章）、ラスコーリニコフを擁護する友人ラズミーヒンの説を参考にするしかない（第三部六章）。友人のラズミーヒンはラスコーリニコフのことをこう見ています。「貧困とヒポコンデリーに苛まれた貧乏学生が、殆ど熱病状態で、腐ったようなペンキの臭い、三十七、八度のむんむんする空気、人混み、前日に会った老婆が殺されたという隣席の客たちの話、そんなのが空腹にぐっと応えたのだ」。

精神病理学は十九世紀半ばのヨーロッパで成果をあげたと云われていますね。ドイツ人研究者の『精神病』（一八四五年）がロシア語に翻訳されたのは一八六七年。ドストエフスキーは早くからこうした動きに注目して、二十歳代の半ばで例の『分身』を書いています。印象に残っているのは、発病した青年を治療する医師が片言のロシア語をしゃべるドイツ人だったことです。しかしそれから二十年後の『罪と罰』で登場する医師は、さすがに若いロシア人になっているのが面白い。

小野　ドストエフスキー自身はてんかんに絶えず苦しんでいますが、なにかヒポコンデリー症状といったものとは重ならなかったのですかね。

川崎　そこが問題ですね。一八五四年にオムスク監獄を出て、ドストエフスキー自身がヒポコンデリーを病むようになったらしい。ある編集者から借金をして、それを埋めるために小説を書かねばならず、しかもなかなか書けない苦しみ。イサーエワ夫人との複雑な恋愛沙汰も起きたりして。

出獄後五年目の一八五八年一月、セミパラチンスクの流刑地から、ドストエフスキーはそれまでをふり返ってカトコフへの手紙でこう書いています。

「あの当時私はヒポコンデリー症状におちいり、それもしばしば重度のひどいものでした。私が辛うじて死なず、文学への愛と情熱が生き残ったのは、専ら若さのおかげです。いえ、若さだけではなく（省略）あの数年は私に重苦しい印象を残しています。あまりに重苦しかったので……」

まだ会ったこともない編集長への手紙ではてんかんとは言い出せなかったでしょうが、手紙の裏にはてんかん発作が隠されているような気がします。監獄を出る前後にてんかんが始まったという説がありますからね。てんかんのことはひとまず脇においても、ドストエフスキー自身、自分が重いヒポコンデリーを病んでいたと認識していたわけですね。
作家自身が重度の「ヒポコンデリー」を経験したのなら、ラスコーリニコフもそうで、フィクションの領域に移行してヒポコンデリーが奇怪な殺人妄想に結びついてもおかしくない。

酒場のマルメラードフ

小野　屋根裏部屋を出たラスコーリニコフは、老婆の質屋で父親の遺品の銀時計で金を借り、飲み屋に入って、マルメラードフと偶然知り合う。はじめて読んだときは、この語りはちょっと退屈でした。ここで躓く人も多いようですが、実はこの人物が興味深い、重要な役割をもつわけですね。彼は十四官等あるロシアの官制では九等官。ゴーゴリの『外套』の主人公も九等官で、叩き上げの小役人の行き止まりです。

「憐れむんだって！　なんでわたしを憐れむんだ！」マルメラードフはとつぜん、この言葉を待ってましたとばかり、意気揚々と、片手を差しのべて立ちながら大声で叫んだ。「なんのために憐れむんだ？　とあんたはお言いだな。そう、わたしには憐れみをうける資格なんぞない。わたしには憐れみでなくって磔が必要なんだ、十字架に張り付けることが。とはいえ、磔に、裁きの方よ、十字架に張りつけて、それからはかれを憐れんでやってくだされ。ならばわたしも自分で裁き手のもとへ行き、磔にされよう。というのも、わたしが飲み助の一杯気分ではなくて、深い悲しみと涙を渇望しているからだよ。……おい、亭主、わたしがこんな小瓶で甘ったるくなったと思うなよ。悲しみを、いいか、悲しみを小瓶の底に探しているんだ。悲しみと涙をね、それを噛みしめて手に入れたんだ。だがわれわれを憐れんでくださる方がいて、その方はすべての人を憐れみ、すべての人のことを分かっていらっしゃる、世界でただお一人の方であり、この方こそが裁き手なんだ。

その日がくると、この方がお出ましになってこうお尋ねになる。「意地悪で肺病やみの継母に仕え、血のつながりのない弟妹のために自分を売った娘はどこにいるか。現世のろくでもない酔いどれの父親のだらしのない所行も恐れず、憐れみを施した娘はどこにいるか?」そしてこうもおっしゃるのだ。「来るがよい！　わたしはすでにお前をいちど赦した……すでにいちど赦した……今は今でお前の多くの罪は、多くの人びとを愛したゆえに赦されておる」。こういってソーニャをお赦しになるだろう。お赦しになるのをわたしは知っているのだ……わたしはさっき、ソーニャのもとへ行ったとき、自分の心でそれが分かったのさ。すべての者を、善人も悪人も、賢い者も謙虚な者も、裁きにかけて、赦してくださる。……みんなの裁きが終わると、われわれにも仰せられる。「お前たちも出てくるがよい。酔いどれや弱い者たち、恥知らずの連中も出てくるがよい！」

それでわたしたちはみんな臆面もなく御前に出てゆく。するとこうおっしゃる。「お前たち、豚どもよ！　獣の相を刻印されておる者よ、（訳註：「黙示録」から）しかしお前たちも来るがよい！」それで賢人や英知の人びとがいうのだ。「主よ！　どうしてやつらをお受けいれになるのですか？」するとこう仰せられる。「賢い人たちよ、知の人びとよ、わたしが受けいれるのは、かれらは誰ひとり自分を救われるにふさわしい人間とは思っていないからだ」。こういって手をわたしたちに差しむけられる。わたしたちはそのみ手に口づけして……泣きだす……そして、わたしたちはすべてが分かるのさ！　そのとき、すべてが分かるのだよ！　そしてすべての人びとにもそれが分かるのさ……カテリーナも……彼女も分かる……主よ、あなたの王国が来たらんことを！

（第一部二章）

中村　マルメラードフの言動は実におもしろい。頭も口も回転は早いし、ある意味で才発な人物ですね。

川崎　ロシアにはこういう何かと弁舌をふるう人が男女を問わず多い。一家言あるのですよ。

しかもマルメラードフはほぼ中等クラスの役人ですから、多少の教養もあります。とくに聖書についてはお手の物でしょう。多少ペダンティックな所はあるでしょうが、聖書や神話や聖者伝を自分流にアレンジしてそこに自己救済の願望を投げいれている。

またマルメラードフは高官に自分の娘を提供したり、娘を娼婦にしたことの罪を十分に自覚しています。だからこそ救世主イエスにすがって、妻のカテリーナと娘のソーニャを、ついでにアルコール中毒の自分も救ってもらおうとして、「来臨した裁き主が私たちを救って下さるだろう」と願うのです。「悪人」だからこそ「救われる」という言葉に値する。

これらの発言の背景にあるのは、聖書「ヨハネの黙示録」に記されているメシア再臨への期待ですね。それはまた「ヨハネの黙示録」のみならず、その後初期キリスト教時代、原始キリスト教時代からの千年王国論、つまり中世や近世においても伝統的に展開されたメシア（救世主）待望論なんですね。イエス再臨による現世的苦悩からの救済を望む。二十一世紀の現代のキリスト教会では、それはすでに始まっていると見ています。

再び救世主が現れて悪人を裁き、弱者を救ってくださり、千年の神の国がつづくだろうという。この予定された調和つまり「予定調和」の出現に納得できないのが、『カラマーゾフの兄弟』の次兄イワンで、彼が強い反論を唱えますね。

D・H・ロレンスは『黙示録論――現代人は愛しうるか』（福田恆存訳、ちくま学芸文庫）で、「ヨハネの黙示録」は「怨嗟と憎悪と復讐」の念に満ちていると指摘していますが、それをマルメラードフは丸くおさめて復讐とか憎悪の感情は持たないのです。それがこの場面の救いでもあります。

そのマルメラードフが酔っぱらって、馬車に轢かれてまもなく息をひきとることになります。江川卓はマルメラードフは自殺したと見ていますが、確かに彼は馬車に向かって突進していますね。

中村　これだけ魅力的な人物なのだから、いずれ死ぬにしても、もっと生かして物語を増幅させる役割として活用する方法もあったかもしれない。

小野　酒場で一気に喋って、あとは死ぬ時に出てくるけれど、そのときはもう「ソーニャ、赦してくれ」くらいしか喋れない。しかし言いたいことは全部言いきってますね。

川崎　なるほど。

小野　小説のためには彼の死が必要でしょう。もしマルメラードフを生きながらえさせると、物語が進行しない。マルメラードフの葬儀がひとつの物語展開の節目になる。しかもこの小説は最初のほうこそ、テンポが遅いようでいて、実は速い。ラスコーリニコフが酒場でマルメラードフに逢って、次に事故で瀕死のマルメラードフと遭うまでのわずかの間に老婆を殺している。

川崎　マルメラードフは自分の給与は飲みつくすし、娘のソーニャは娼婦として売りとばすし、こともあろうにその娘に酒代をせびりにくる、ろくでなしの父親ですが、まったくの悪党かというと必ずしもそうではない。

彼は役所をリストラされて「行く場所がない」ほどに転落している。しかし肺病でヒステリックな虚栄心の強い妻をかばって、彼女を褒めても悪くはいわない、一箇所を除いてね。彼女へのぐちもこぼさない。もっとも自分の所業を省みれば当然のこととはいえ。

マルメラードフというのは、日本にあてはめれば明治元年より少し前、慶應二年のロシア人です。彼は作者によってどう扱われているのか。その名のマルメラードという綴りには、マーマレードという甘いものの意味がこめられている。いわばその甘ちゃんが「おれのいうことをただの甘ったるい戯れ言と受けとるなよ」と念を押すでしょう。

つまり最初に作家が茶化しながら設定したキャラクターを、キャラクター自身が否定するという二重否定ですから、マルメラードフの発言の意味は慎重に測らざるを得ません。

作家の意図はいずこにありや。近代国家の樹立時代にキリストが甦って世の中の悪を裁いてくれるだろうと本気で信じるペテルブルグ市民がどれほどいたでしょう？　閉塞した社会を打ち破るには、もう原始キリスト教時代とちがって、神頼みは効かない。だからそういう時代の人間としてドストエフスキーは慎重にアイロニカルな態度をとっている。

マルメラードフは失業、貧困、結核患者の妻、娘を娼婦に売りとばす、家庭の崩壊に向きあって深刻な「行き場のない」状態にあるのに、作家はこれをコミカルに演出する。逆にいえば、コミカルな雰囲気のなかで深刻な問題をとりあげる。そういう逆説でしかキリスト教神話が成立しなくなる。だから宗教の側からいっても自らの立場におちおち安心していられない時代がやってきた。

その先端をドストエフスキーはとうぜん察知していて、むしろある意味ではキリスト教とたたかうことになる。実際、ドストエフスキーはカトリックをきびしく批判することになりますからね。組織というのはどうしても硬直化する。そのなかで必然的にアイコン（偶像）化されてしまうイエスを人間としてこちらの世界に救いだし、人間イエスとの真剣な対話を試みる。そのことで現在の自分たちの在り方を問う。そうした近代という自意識が無ければ、作家も苦しみはしなかったろうし、われわれが二世紀も前の十九世紀ロシア小説を読む意味も薄れてくるわけですよ。不世出の天才作家の小説構成や人物造形の面白さ以外にはね。

偶然の問題

中村　ラスコーリニコフとマルメラードフの酒場での運命的な出遭いというのは、この小説のなかでも心に残る場面ですね。たとえばここです。「世の中にはまるで一面識もない相手なのに、一目見るなり、まだ言葉もかわさぬ先から、なにかこういうふうに関心をそそられる人間がいる」。二人をこんなふうに出遭わせるのは、ある意味では小説的には安易な方法であるけど、状況設定としてはよく分かります。読者は実感的には納得できるのです。

少し離れて坐っている退職官吏らしい客は、ラスコーリニコフにまさしくそのような印象をあたえた。青年はその後いくどか第一印象を思いだしては、それは予感だったのだとさえ思った。
（第一部二章）

そしてラスコーリニコフがのちにソーニャに「ぼくはずっと以前、お父さんがきみの話をしたときから、リザヴェータがまだ生きていた頃、きみを選んでこの話（リザヴェータ殺し）をするつもりでいたんだ」という所がありますね。これは時系列的におかしいではないか、ラスコーリニコフがマルメラードフに会ったのは、リザヴェータを殺人にまきこむ前なのだからと不審がる人がいても、おかしくない面がありますが。

川崎　相手とは一面識もないのに「関心をそそられて」全く異和感がない。親近感すら覚える。その人にまつわることが全部分かるような気がする。将来もふくめて。それをドストエフスキーは「予感」だと言ってますね。これから生じることを先取りして知覚する。

この方法の王道を行っているのは哲学者のハイデッガーです。「死への先駆性」と言っています。先駆けして未来の自分の死の地点に立ち、そこを背水の陣にして現在をふり返り、全体の生を把握し、現在に戻ってきてもう一度未来を見る。

ラスコーリニコフの「予感」はもちろんこれとは少しずれているとはいえ、未来にある時間を（というような言い方をすると）取りこんでいる。予感というのは未来を過去に向かって遡らせ、それを現在の時点で止めて幻視的に直感することです。

ラスコーリニコフが酒場でマルメラードフに会ったとき彼はすでに「あれ」つまり老婆殺しを決め、質屋に出かけて実地検証を済ませたばかりです。仮にラスコーリニコフに行動予知視線というようなものがあるとすれば、マルメラードフはそのプログラムのなかに、もう滑りこんできている。ラスコーリニコフがこの人物にはすべて隠さず言ってもいいぐらいの距離で。

もちろんラスコーリニコフはその後リザヴェータを殺すことになるとは思いつくはずもありませんが、人を殺すという厳然たる事実はかなりの確率で待ち構えています。よく言われていますね。一人殺したら、あとは何人殺しても同じだと。この意味は深遠です。いつかはラスコーリニコフもその深遠さに気づかされなければならないのです。

質屋のアリョーナ婆さんだろうとその妹のリザヴェータだろうと人間を殺すことに変わりはないので、ソーニャに向かって「きみのお父さんから君のことを知って、それできみにリザヴェータ殺しの話をするつもりだった」と告白する。それは半ば無意識層の「予感」だったのですね。「人殺しを」というのがラスコーリニコフの脳内では矛盾なく「リザヴェータ殺しを」になったのです。

あれだけ数字や人名や種々のモチーフの間に毛細管のような脈絡と意味を潜りこませた作家が、これだけ大がかりな時系列をうっかりまちがえたなんてぼくには考えられませんね。

中村　それからドストエフスキーの場合、「突然」とか、「ふと」とかの「偶然」という技法がひんぱんに用いられていますね。あちこちに「偶然」が埋めこまれているけど、その道筋をたどると必然の運命とかになるんです。

「偶然」という考え方は二つあります。つまり「偶然」といわれるもののほうがむしろ現実だという考え方。必然的なものなんて何もなくて、私たちの日常というのはすべて偶然で出来上がっている、という考えです。ふつうの状態は偶然のほうにある。我々自身ここに居ること自体がものすごく偶然です。だって精細胞と卵細胞の結合をはじめ、地球が生じたのだって偶然だし、偶然こそが現実だという言い方もできますよね。

あと一つ、偶然というのは時間設定の問題です。つまりいろんなことが展開するとき、必然と偶然の因果関係の問題になりますね。偶然というのはそこに因果関係も合理性もない。でも因果というのは前と後の時間差の軸を立てないとでてこない。しかし、このような軸を周到に立てるとなると、短い物語では窮屈になる可能性がありますね。

小野　『罪と罰』が短い?

中村　『罪と罰』は、およそ二週間という時間で一つひとつの短い物語が進んでいる。だから出来事は数時間、数日ですよね。しかし因果の説得力というのは長いスタンスをとらないと出てこないもので、むしろ、これはバフチンが触れているのだけれど、この物語はなぜ偶然が多いのかというと、一つにはいろんな共存の物語だからと。同じように横に並んでいる世界なわけで、縦の世界じゃない。

たとえば後で出てくるスヴィドリガイロフの盗み聞きの場面など余りに出来すぎているとい

えばいえるでしょう。作者が外側から物語を操作しすぎていて、作為が過ぎたということもあると思うのですが、ただ物語的な時間のなかで考えれば、それほどおかしなこともないかという気もしますね。小説のテンポと関係あるのでしょう。ゆっくりゆっくり進んでいるけど、実際はかなり短い時間にいろんな出来事が共時的に起こっているとすれば、いいのではないですか。

演劇的な構成

小野　しかし、演劇ってそういうものですよ。ドストエフスキーの小説はたいてい演劇的な構成だと思います。舞台に入ってくる人間というのは問題をかかえてくる。問題をもってない人間は入ってこない。人物の風貌の描写は詳しいト書きでしょう。問題をもった人物同士の葛藤で成り立っているのです。ドストエフスキーの小説は、ほとんどが何幕何場という構成に近い。

中村　人物たちの持っているそれぞれの内的なドラマの時間をどう芝居的な共時性のなかでぶつけ合うかです。

川崎　次作の『白痴』もそうですね。ナスターシャの誕生祝いには招かれざる客のムイシュキンからラゴージンまでが押しかけてきて、大混乱を生みだすからね。小説のなかにそんな設定が十や二十はあるでしょう。

しかし、『罪と罰』は、『白痴』ほど登場人物の華やかさはない、公爵とか伯爵ではないし、集まりの規模も極端に小さい。マルメラードフの轢死や追善供養での集まり。ラズミーヒンの住居に誕生祝いで人びとが集まったようですが、それは外からの説明で、カメラは室内には入っていない。せいぜい、ラスコーリニコフが警察を訪れたときとか予審判事のポルフィーリ、事務方のレーベジェフ、友人ラズミーヒン程度。ラスコーリニコフの「棺桶」のような部屋で数人、そんなところの小さな集合ですが、そういわれれば、みんなが問題をかかえて会いにゆくのですね。

小野　しかしマルメラードフの葬儀のあとの追善供養の場面は、「調子の狂ったカテリーナの頭に、なんでこんな無意味な考えが生まれたのか」というように、マルメラードフの奥さんカテリーナが有り金ぜんぶをつぎ込んで、下宿の女主人リッペヴェフゼリ夫人や間借り人に自分を誇示するために大宴会を開きますね。ここは『白痴』にひけをとらない。

実際にはおしまいに差しかかる第五部二章三章ですから、後にふれることにして、結核で血を吐きながら大騒ぎで切り盛りするカテリーナを中心に、主要な登場人物がどれも自分の役割を演じきるいわば重喜劇とでもいうような山場をつくっていますね。映画でいえば、ルイス・ブニュエルにあるようなアップを多用したどんちゃん騒ぎを思わせる。それに対して流れるような移動でみせるのがトルストイの『戦争と平和』の冒頭の舞踏会、これはヴィスコンティでしょうか。

中村　いわば山場こそ、共時的に複数の事態が起こっているわけで、それぞれがそれぞれの因果を持ち込む。だから外からは偶然に見えてしまうこともあるけど、それこそが緊迫した文学空間を作っていく。

他方で山場の作りがメロドラマ的だともいえるし、それでいいという考えもあります。話が少しそれますが、メロドラマは確固とした様式のひとつなのですね。メロはメロディの省略で、以前はメロドラマといえば音楽の伴奏を伴う無言劇のことで、最初にこれをいったのはルソーだった。

私たちは誇張された感情と過剰な演技を昼メロとして受けとっていますが、ピーター・ブルックスは、メロドラマはフランス革命で古い「聖性」が消失したので、革命家サン・ジュストが新しい「聖性」を呼びかけたときに現れたジャンルだというのです（『メロドラマ的想像力』）。民衆に分かりやすく道徳を示すための主要なモードだった。こうしてメロドラマは勧善懲悪と抱き合わせになっているのです。もっともメロドラマが民衆的というのはメロドラマの善悪が複雑ではなく、善と悪がはっきり擬人化されているからなのですね。

川崎　『罪と罰』での勧善懲悪は単純にしてかつ複雑です。ラスコーリニコフひとりの人物のなかでの「悪魔」と「人間の本性」が絡んでいる。さらに絡まりは複雑で、スヴィドリガイロフをもふくめて周りの人物とも放射状につながっているのですけど。ご覧のようになかなか勝ち負けの決着がつきませんね。それでも最後は曙光が見えてくるのです。

中村　ブルックスは、ジェイムズやバルザックと並んでドストエフスキーの名をひんぱんにあげていて、とりたてて創見というわけでもありませんが、実際ブルックスを読んでいると『罪と罰』論に当てはまる指摘が少なからずありますね。

川崎　イギリスのジョージ・スタイナーは、早くからドストエフスキーの作品はメロドラマとゴシック小説の合金だといってますから（『トルストイかドストエフスキーか』）。すでに古い定義になりましたが。

マルメラードフの「復活」

中村　マルメラードフのモデルになったのは、ドストエフスキー兄弟の雑誌『時代』や『世紀』の寄稿者ゴールスキーだったといわれていますね。彼は、ドストエフスキーとも面識があった。ゴールスキーはアルコール依存症のため六四年に除隊され、入院することになり、原稿執筆による生活は楽ではなかった。マルメラードフの轢死事件はある雑誌に掲載されたゴールスキー自身の手になる交通事故の記事に依ったのではないかと書かれています（ベローフ『罪と罰』注解』）。グロスマンは、またドストエフスキーの妻の元夫とか書いているそうですね。

小野　酔っぱらいは多いけれども、馬車に轢かれたとか、娘を売りとばしたかという話が結びつかないと、一人に特定するのは無理ですよ。たいていは複数の人物から合成されているのでしょう。

中村　合成されていない人物を見つける方が難しいほどです。

川崎　ここでマルメラードフの死の問題が出ましたが、彼が馬車に轢かれて亡くなったはずなのに、娘のソーニャが、死後に歩いている姿を見たと言いはりますね。

小野　ソーニャはマルメラードフの後ろ姿を見たのでしょうが、それとマルメラードフが復活したというのは別のことですね。

中村　もちろんふしぎな幻影が現れたからといっても復活とはいえない。

川崎　自分がだらしないからとはいえ、貧困にあえぐマルメラードフがどんな演説をぶとうと、まわりの反応は冷たい。それだけに読者としては切ない所もあり、マルメラードフが自分の役割を終えるためには、全体につながり、全体を押し上げていく駒になることが必要です。誰かが事故で死んだ彼を引っぱりあげてやらなくちゃならない。

それをするのが娘のソーニャの視線だったのでしょうね。彼女が父親の背中を見たというのだから、見たのでしょう。それまでのことですね。

ラスコーリニコフの手で殺されたリザヴェータのことを、ソーニャはのちに「神を見る人でした」とラスコーリニコフに言って驚かせるでしょう。しかしソーニャ自身も「見る人」の側に立っている。ふつうの人間には見えないものを感じたり見たりするのだから。

母の手紙

小野　マルメラードフの独白と並んで、ぼくがもうひとつ感心したのはラスコーリニコフ宛の母親の手紙です。これも言いたいことは誰がなんと思おうと言いきってしまうという、小説技法としてはやや疑問の力技だと思うのですが、これぞドストエフスキーというところでもあります。

マルメラードフとの出遭いの翌朝、手紙がラスコーリニコフにとどく。母親はよく息子を見ていて、なにか不思議な調べがあります。この母親はあとでソーニャを一目見たとき、「あの娘もこわいんだよ……なにかそんな予感がするんだよ、ドゥーニャ。わたしは思ったのさ、ああ、これがいちばんのもとなんだなって……」（第三部四章、江川訳）と言うくらい、洞察力と直感にすぐれているでしょう。酒場のマルメラードフの述懐と双璧じゃないかな。

そこでまず、マルメラードフの述懐がラスコーリニコフの未来を予言するような効果をもつとすれば、母親の手紙は、彼をとりまく状況、殺人に追い詰める環境について、語っています。母親プリヘーリヤ・アレクサンドロヴナは、息子に将来の希望を託している。妹がアヴドーチヤ・ロマーノヴナ、ドゥーニャですね。彼女はルージンに求婚されている。

ルージンは弁護士で、ドゥーニャより二十三歳も年長の四十五歳。手紙によれば、「まだ見栄えはよく女性にもてそうだし、人間はしっかりしていて、礼儀正しい」とありますが、ペテルブルグの上流階級に加わろうという野心をいだいていて、社交界ではドゥーニャのような才色兼備の妻が役に立つと計算している出世主義者。母娘ふたりの前で、自分の妻は貧しい境遇の女がいい、恩を着せることができるからと遠回しに話したそうです。それを知れば、息子は反対するに決まっている。しかし、なんとかこの結婚をみのらせようと、母親はルージンを「率直な方」としかいわないのです。

中村　この長い手紙の興味深いところは、愛情をこめて息子を思いやる言葉が、図らずも政治性を持つところですね。手紙の文面には「暗黙のうちに従われるべき教示と等価」というR・D・レインの『家族の政治学』（坂田良男、笠原嘉訳、みすず書房）じゃありませんが、息子をコントロールしようとする「暗黙」の「教示」の政治性が潜んでいます。意識的かどうかはともかく、親は子どもに対して、愛情を口実に、時には弱さを武器に政治性を発揮するものだと思います。

川崎　原稿用紙（四百字詰）にして三十枚以上ありますから、ちょっとした短編小説なみです。物語の進行としては、マルメラードフがトップ・バッターでラスコーリニコフを一塁に出塁させたとすれば、母親は二番バッターで、息子を二塁まで進める。そのくらい母親の手紙が重要なのですね。

中村　この手紙にゆっくり付き合うと、伏せ字のような箇所がありますね。シニカルとさえいえる、ちょっと裏から覗いて見る視点が必ず出てくるのです。というのは母親がこの手紙を読む息子の出方を推しはかって、真情を吐露しつつも、それ自体が深謀遠慮となるポリシーをとる。

小野　婚約相手のルージンが、ケチで虚栄心も功名心もつよい「俗物」で、いいなづけの親子のためのわずかな出費も出し惜しみをする。それを遠回しに伝えながら、しかも母親はラスコーリニコフに対しては、彼を援護する。でないと娘の婚約自体を否定することになるからです。例えばこんなふうです。

「ルージンさんは、ただいくらか陰気なところがあって、高慢そうに見えるのが難といえば難ですが、それは一見そう思われるだけかもしれません。だからかわいいロージャ、あらかじめお前に注意しておきますけど、第一印象で気に入らぬ所があっても、せっかちに厳しい判断を下したりしないようにね」。そして母親は息子になにかと注意をあたえるのです。

息子の性格を念頭においているので、お前の反応はこうだろうという感じで書いているから、読者にもラスコーリニコフがどんな人間なのかが分かってくるわけです。母親の目から見たラスコーリニコフですね。だからあとで彼が怒って、自分はこんな手紙にはだまされないぞと思う所がおもしろい。ふたりには密接な結びつきがあるけれど、親子の関係の裏側も見えてくる。

川崎　母親は娘のドゥーニャがルージンと結婚すれば、「わたしたちの未来の夢」であるラスコーリニコフの何かと為になる。アルバイト、学費援助、就職と。彼女は娘がルージンに「身売りする」のを後押しする。

スヴィドリガイロフ登場

小野　もうひとつ、手紙の前半は、スヴィドリガイロフとその妻と、ドゥーニャの関係についてです。ドゥーニャは家庭教師として住みこんでいるスヴィドリガイロフの屋敷で、ひどい嫌がらせをうけ、妻は二人が情事をはたらいたと誤解して、ドゥーニャを侮辱し、追い出してしまった。そして町中に噂をまきちらしたので、母親とドゥーニャは身を寄せ合って外出もひかえ、ずいぶん屈辱的で嫌な思いをしますね。ところが、以前ドゥーニャが激しい怒りをこめてスヴィドリガイロフに書いた手紙が証拠となって誤解がとけ、こんどは夫人のほうが涙を流して母親とドゥーニャに詫びを入れ、ふたたび町中にドゥーニャの手紙を朗読してまわる。おかしな話ですが、こういうのがロシア的なのか、ドストエフスキーのユーモアなんでしょうか。ぼくは、このスヴィドリガイロフが『罪と罰』の中で、出色の人物だと思います。

川崎　スヴィドリガイロフは幽霊と話をするような幽冥界との通廊に立っている人間なので、こちらの世界からだと影が薄いように見えますね。しかしそのイメージを拾ってつなげると、一個のキャラクターが泡だってきます。甘言を弄してドゥーニャをレイプしようとしたり、ラスコーリニコフに共犯者意識をちらつかせたり。

決定的なイメージは、自殺前夜の夢とも想い出ともつかぬ、少女殺しを仄めかす奇怪な出来事です。つまりスヴィドリガイロフの意識の深層にはいわゆるリビドー（性）と殺意の絡みがあり、ラスコーリニコフの殺人ほど単純ではない悪を抱えこんでいる。ただの二元的論な「光と闇」の発想では及びつかぬ人間ですね。

小野　好色でシニカルな「悪人」ですが、ドゥーニャに最後まで執着する。彼には妻を毒殺したという噂がありますね。その妻の遠い親戚筋にあたるのが、ドゥーニャの婚約者ルージンです。おもしろいことにルージンはいくぶんスヴィドリガイロフを怖れているとありますね。おそろしく緊密に組立てられたドストエフスキーの人物構成です。こんなストーリーをまとめる扇の要になっているのが母親の手紙でしょうか。

中村　物語の運動性に関わることですね。急に求心的になったり、拡散的になったり、緩急の展開がくり返されている小説ですが、この母の手紙は妙に和むような気分、あるいは緩慢さを感じさせつつも、心理的な緊迫感も伏在させていて、目立たないけれどドラマティックですね。そもそも手紙という表現形式は、第三者の内情を覗き見する読者＝観客を前提にするわけですから、豊かな演劇性を持っているものだと思います。

手紙が彼を促す

川崎　母親は二カ月間身辺があわただしくて手紙が書けなかったことを息子に詫びています。亡夫の恩給年金を抵当にいれて知り合いの商人から現金を貸してもらい、「借金」を返済するのに時間がかかったと。それからドゥーニャが家庭教師として住みこんだ際、兄への送金もふくめて百ルーブリを前借りしていたために束縛されて、自由になれなかった。

ラスコーリニコフが手紙を読んで、彼らに良心はないのかと怒るでしょう。それでぼくはふしぎに思った。自身はこれから老婆を殺そうとしているのですからね。どういう仕組みになっているのだろう。すると、自分は犯罪ではなく「正義」をつらぬくのだから良心なんか問題にならないと独り決めしているのですね。

さらに母親の手紙を読んだあとのラスコーリニコフの気持がこう書かれていますね。最初は十年後に予想される自分と家族のみじめな境遇を考えて暗い気分になり自嘲ぎみになるのです。

ここでまたマルメラードフのことが想い出されています。

ある種の快感さえいだきながら、こうした問いで自分を苦しめ、あざ笑った。とはいえ、これらの疑問はいまふいに湧いてでた新しいものではなかった。以前から彼を悩ませてきた。この疑問が彼の心を引きさき苦しめはじめたのはもうだいぶ前のことだった。いまの煩悶はとうの昔に彼のうちに生まれ、しだいに大きくなり、積もりつもって、熟成し、凝縮され、恐ろしい、奇怪で幻想的な疑問の形をとり、したたかに解決を迫りながら、彼の心と頭を苦しめるようになった。今また母の手紙が、ふいに雷のように彼を打った。分かっているのは、問題の解決が難しいということだけを言い訳に、ふさいだり受け身になって悩んだりするのではなく、なにかをしなければならぬ、それも直ちに、一刻も早く。何がなんでも決行しなければ、せめてなにかを、さもなければ……

「さもなければ、生活をいっさい断念することだ!」とかれは夢中で叫んだ。「いま与えられる運命を、思い切って受け入れ、生きたり愛したり、行動するすべての権利を断念し、自分の中のすべてを圧し殺すことだ」

「分かりますか、分かりますか、学生さん、もう、どこにも行く場所がないということが何を意味するか」。昨日のマルメラードフの問いが、ふいに彼の頭に浮かんだ。「やっぱり人間だれだって、せめてどこかに行き場所がなくっちゃあ……」

ふいに彼はびくりとふるえた。ひとつの、やはり昨日と同じ考えが、ふたたび彼の頭をかすめた。

（第一部四章）

中村　皮肉なことに母親の手紙はラスコーリニコフの抱いているイメージが実行に移されるのを促すことにもなる。「彼は頭をがんとどやしつけられたように感じ、目の前が真っ暗になった」というほどだから。

川崎　彼女の便りは彼を行動へと押し出すけれども、同時に引き止めようともしていますね。次が手紙の締めくくりです。

ロージャ（ラスコーリニコフの愛称）、神さまにお祈りしているでしょうね。以前のように創造主にして救世主なる神のお慈悲を信じているでしょうね？　私はあなたも近頃はやりの無信仰に染まっているのじゃないかしらと、内心怖れているのです。もしそんなことだったら、私があなたに代わってお祈りを捧げますよ。思いだしてちょうだい、あなたがまだほんの子どものころ、お父さまもいらした時分よ、よくあなたは私の膝に抱かれて、片言でお祈りを捧げたものでした。あのころは、私たちはみんなほんとに幸せだったわね。

（第一部三章）

ラスコーリニコフは子どものころに埋めこまれた無意識の「神」に何度か祈って進路を決めようとしますね。迷っているのです。

小説の最後のほうで彼が妹と話をするシーンがあります。そのとき「ぼくは神を信じていないけど、母さんにはぼくのためにお祈りをしてくれと頼んでおいたよ」というでしょう。額面どおり受けとれば彼は無神論者ということになるけど、彼の無意識の層に探りを入れれば、そうとは断定できない。

小野　ここで無意識層というと……

川崎　ラスコーリニコフは革命派の秘密サークルに入っている、とラズミーヒンから疑われているほどです。しかし「エピローグ」で、イルティシ川の向こう岸、主人公と一体になったような文章で、作者は旧約聖書ではユダヤ人を率いたことになっているアブラハムをイメージしていますね。そこにつながっていくためには、ラスコーリニコフもどこかで今のところ括弧付きですが「神」を内包していなければなりません。

子供のころの祈りが無意識のうちに彼のなかに遺伝子として残っている。母親の手紙はそれを呼びさまそうとしているのです。先ほどの戦略という点からいえば「近頃はやりの無信仰」

と母親は対決の姿勢を示しているではありませんか。

小野　迷っていたラスコーリニコフが犯行に及ぶきっかけは、二つの偶然が重なったからですね。最初はセンナヤ広場で町人とリザヴェータのやりとりを偶然耳にしたことにあるのですが、二番目の偶然はこのあと入ったレストランで、脇のテーブルにいた将校と学生のうち、とくに学生が、あんな虱《しらみ》やごきぶりにも劣る肺病の質屋の老婆をひとり殺しても、多くの前途ある若者たちを救えるのなら、それこそが正義だと将校に話します。

この指摘はじっくり考えるに値しますね。心理学的にはひじょうに危険な落とし穴です。アリョーナ婆さんは背丈が縮んで普通人の半分もない。腰が曲がり、辛うじて息をしているくせに、質草と利息のことしか頭にない意地悪で疑いぶかい業つくばばあです。

ラスコーリニコフも学生も、彼女を虱かごきぶりに喩えているけれど、たしかに人間としては希薄な存在で、殺してもそれほど罪を感じなくてすむ設定になっています。こういう心理が罠になってラスコーリニコフが犯行に着手する。

川崎　ぼくが面白いと思ったのは、「こんな話はラスコーリニコフも何度も耳にした、ごく平凡な青年たちの話である」と書かれていることです。質屋を襲う強盗事件が連続したころだし、日常会話でふつうに話されていた。ただラスコーリニコフは「いま自分のなかにもそっくり同じ考えが芽生えたばかりのときに、なぜこの話にぶつかったのだろう」と、この「暗号」の偶然性のほうを強調しているだけです。

六時過ぎか七時か

小野　この直前にペテルブルグで実際に起った事件でも老女が二人殺されるのですが、ドストエフスキーは、二人目の殺人に大きな意味をこめた。ラスコーリニコフは、リザヴェータが予想より早く戻ってきたので、彼女も殺さざるをえなくなりますね。金貸しの老婆だけを殺すのならば、彼の「正義」は成立するけれども、善良な妹まで殺すとなると「正義」のもくろみが狂う、これは誤算の第一歩ですね。リザヴェータの帰宅時間はそもそも偶然狂ったのか。

川崎　ぼくも大学院生のころ、リザヴェータはなぜこの時間に戻ってきたのかという質問をゼミの報告者に、もちろん意図的にですよ、したことがあります。ところが指導教授が「それは偶然だよ！」って笑うんですね。しかしここは物語にとっては必然でなければならない。作家が仕掛けた偶然という名の必然の罠とはなにか。

小野　亀山郁夫さんの『「罪と罰」ノート』(平凡社新書)によると、ことの起こりは、商人夫婦がリザヴェータに明日夕方六時すぎに商いがあるので来ないかと言う、ちょうどそこを通りがかったラスコーリニコフがそれを七時と聞きちがえたことに起因するというのですね。老婆が一人になる時間はいつか。

もしラスコーリニコフが正確に聞いていたら、六時すぎに合わせて質屋に急ぎ、リザヴェータの帰宅前には犯行をすませることができた、と。それで亀山さんはラスコーリニコフはどう聞きまちがえたかをロシア語を引用しながら説明していますが、どうでしょう。

中村　その見方はなかなか挑発的で面白いですね。亀山さんも自分で翻訳したからその疑問にぶつかったんでしょう。

小野　江川さんはすでに七七年の学研版の翻訳の註でその点にこだわっています。亀山さんの結論は、「そもそもラスコーリニコフは、何メートル離れたところで彼らの会話を耳にしたのか。いずれにしろ、彼が千載一遇のチャンスととらえたこのディテールこそは、悪魔の囁きだったといえるのである」と。

川崎　ラスコーリニコフがレストランを出て、センナヤ広場を通りながら自宅に向かっている時のことですね。町人がリザヴェータに明日「午後七時限目」にお出でなさいといったのに、広場のざわめきに妨げられてラスコーリニコフが聞きちがえ、ちょうど（かっきり）七時に、と受けとったということですね。

これを証明するにはロシア語を検討する必要があるので、亀山さんはロシア語を引用してやさしく説明しています。

ロシア語では六時すぎ（正確には六時から七時までの間）を指すときに順序数詞を用いて「第七時限目」という言い方をします。ロシア語でフ・セヂモム・チスー（в седьмом часу）と発音される。しかし日本式にいえば六時二十分とかの六時台のことです。

他方、ロシア語の個数詞での時間表現は日本語の場合と同じで、時計盤の数字と一致しています。短針が一時を指していれば一時、七時であれば七時を意味します。個数詞で七、つまり英語の seven に当たるロシア語のセミ（семь）を短針が指すとちょうど七時ということになる。フ・セミ・チソーフ（в семь часов）ですね。セミは殆どセムのように聞こえます。

亀山さんが引用しているとおりに順序数詞的表現と個数詞的表現を平行して並べると以下のようになります。

① 順序数詞的表現　フ・セ**モーム・チスー**（в седьмом часу）。「六時から七時までの間」（商人が口語で略して二度くり返しながら指定した時間）

② 個数詞的表現　フ・セー**ミ・チソーフ**（в семь часов）。「きっかり七時」（ラスコーリニコ

フが亀山氏によれば聞き誤ってつぶやく時間)

①と②を比較してそれぞれ発音の異なる部分を太文字にしました。「**モーム・チスー**」と「**ミ・チソーフ**」と後半の発音が異なることは分かるでしょう。ロシア語の発音はもっと微妙ですが、ロシア語を読めない読者にも分かるようにごくおおざっぱな発音表記にしました。ラスコーリニコフはこれを聞きまちがえたのだろうか。

亀山さんがいうのは、商人は順序数詞の①の言い方をしたのに、ラスコーリニコフがそれを誤って②の個数詞的な表現として聞いてしまった、聞きまちがえたということです。発言の後半部で「**モーム・チスー**」を「**ミ・チソーフ**」と聞いてしまった。しかし、語尾にこれほど大きな発音の違いがあるのに、ラスコーリニコフが聞き違えることがあるだろうかとぼくは疑問をいだいた。それで大学で教えているネイティブのロシア人講師に確かめてみたのです。すると、講師いわく、広場の騒音もあるし、商人たちの田舎なまりもまじっているので、聞き違えることはあり得ると。

この部分の邦訳では、江川卓訳では「六時過ぎ」とあり、亀山訳もそれに準じています。しかし、ぼくの師匠でもあった米川正夫の訳では、ぼくもこんど再読してちょっと驚いたのですが、町人の発言は最初から「明日の夕方、七時でどうですか」と、つまりかっきりという意味の日本語に訳されている。それを聞いてラスコーリニコフも「正七時だ」とつぶやくのです。

したがって米川訳の『罪と罰』では読者は迷うことがないのです。ドストエフスキーの『罪と罰』では発話者と聞き手の間で、時間表示が順序数詞表現と個数詞表現の間でぶれているのに、米川正夫が時間の辻褄を合わせるために最初にラスコーリニコフのつぶやきを念頭におき、それを基本にして、町人の発言に「七時」を押しこんだとしか思われない。ですが、町人はロシア語で「第七時限目」即ち「六時台」と言っているのであって、個数詞の「ちょうど七時」とは絶対に言っていないのです。これは米川正夫による読者サービスのための帳尻合わせのすごい意訳ということになります。良いとか悪いとかは別問題です。

中村　私が持っている二種類の英語訳のうち、ダヴィド・マックダッフが訳したペンギン・クラシックス版では町人の発言はCome and see us tomorrow at about seven. と訳されています。これだと最初から町人は七時前後を指定しているのですね。about ですからね。ところが二度目のとき町人のせりふは about ではなく tomorrow at seven. と訳されています。about が排除されている。これはロシア語の意味を忠実に伝えていない意訳です。この意訳に沿って読めばラスコーリニコフは聞きまちがえたことにはなりません。しかしロシア語では町人は about をふくめて二度とも同じせりふをくり返しているのですからね。

川崎　ぼくの持っている英語版も中村さんのものと同じ表現です。

そして第二の問題は順序数詞のフ・セヂモーム・チスーにお出でなさいと言われたとき私たちは何十分ごろに訪れればよいのかということです。現代のロシア人は、六時十五分とかせいぜい二、三十分ぐらいまでを念頭においているのです。その点、江川訳の「六時すぎ」はうまくぼかして訳されています。日本語に訳すにしても「六時から七時までの間にお出でなさい」なんて言えませんからね。逆に六時五十分のように七時に近い時間帯では、七時何分前に来てくださいみたいな言い方になるのです。

ただ日本でも江戸時代は卯の刻とか巳の刻とかいって二時間単位だったでしょう。時間の感覚がちがっていたのですよ。帝政ロシアでも「六時から七時までの間」と言われれば、のんびりしていて、かなり七時にちかい六時台もふくまれていたかもしれません。

それでぼくが言いたいのは、亀山説に重なるところもありますが、もしラスコーリニコフが町人の言葉を正確に聞いていたら、老婆が質屋に一人残る時間帯を正七時とは考えずに、六時二十分或いはせいぜい三十分ごろと考えて早めに行動を起こし、リザヴェータが戻ってくる前に犯行を済ませ、現場をあとにすることができた、という推測が成り立つかもしれない。

しかし、さらにぼくが言いたいのは、仮に早めに行動を起こしていたとしても、犯人があれほどあわてふためいて、現場でもわれを忘れていたのでは、予定どおりに事が進むとは思えない。とすれば聞き間違えの時間差である十五分や二十分はあっという間に経ってしまう。それはあのときの描写からも明らかです。ラスコーリニコフはいずれにしろリザヴェータと出遭う必然の「運命」に置かれていた。

犯行中の時間

川崎　それから犯行日、ラスコーリニコフは緊張の極みに達しているので、作者の時間の刻み方も「分」或いは「秒」単位で切迫してきます。異次元の時間に移行していくみたいですね。

小野　ここは『罪と罰』の山場となる事件だから、ドストエフスキーも濃密に時間を構成していますね。当日ラスコーリニコフは朝からうとうとしていて、目覚めたのが夕方の六時。「時計はどうやら六時を打ったらしい」とある。彼が犯行準備にもたついていると、しばらくして中庭のほうで叫び声があがります。「六時はとっくにまわってるぞ！」。ラスコーリニコフは斧をさげる輪っぱを縫い付けたりしていて、「とっくにだと！　しまった」と焦りますね。このときリザヴェータのほうはというと、センナヤ広場の町人の近くまで出かけていたのではないでしょうか。

ラスコーリニコフが目標とした七時にはまだ間があるけど、それなりの準備が必要なので、また焦ります。とにかく彼はこれも偶然、中庭の番小屋の中に番人は居ないし、斧はあった、大きな偶然ですよね、斧を見つけ、コートの内側の輪っぱに吊して路上に出、急がずに歩き始める。それから少し行って、たまたま覗いた店の時計が七時十分を指していた。すでに予定より十分を超えていますね。

この日は彼が遠回りして反対側から質屋へ足を運んでいたので、日頃測っていた七百三十歩を上回る距離を歩かねばならなかった。それで質屋に近づいたとき、どこかで七時半を知らせる音が一つ鳴る。「そんなはずはない。きっと、進んでるんだ！」と思うくらいに遅れてしまったのですね。予定より三十分も遅れてしまった。

川崎　いよいよ犯行現場に迫るラスコーリニコフの時間単位は、彼の波打つ鼓動ではないかと思えるほど鋭く繊細になってきます。秒単位でね。むしろ「一瞬」とか、くり返し出てくるのは、秒よりもっと短い単位ですね。「帰ってしまおうか？」という考えが「一瞬」頭をかすめる。そういう状況のなかで、文字通り「心臓の動悸がやまない状態で」呼び鈴を鳴らし、反応がないので「三十秒」待ってから、再び……ドストエフスキーとしては計算しつくして「三十秒」としているのですから、ぼくらもこの中身を読み取らなければならない。じつに長い時間ですよ。この三十秒間にラスコーリニコフはなにを感じていたか。

中村　どうでしょう、意外に冷静なのかもしれないですね。そのことがむしろサスペンディングな、いわば宙づりの時間となる。

川崎　それは面白い視点ですね。「死のような静寂」の時間帯はそうかもしれない。老婆が彼を室内に入れて意地悪い、疑り深い目でじっと彼の様子を「一分間」もみつめる、これも秒針の動きで追っていくと相当の長さですよ。このときもそうでしょう。だからラスコーリニコフが質草を出して、それを老婆、アリョーナという名ですが、アリョーナがぶつぶつ言いながら「数秒間」背を向けて質草をときほぐしはじめると、ラスコーリニコフの手は「一瞬ごとに」こわばりを増す。やはり斧を振るってからは冷静さは後退するけど、冷静さと惑乱は入り混じっている。

その瞬間

小野　ラスコーリニコフは一刻の猶予もならぬと斧をさっと引き抜くのですね。

川崎　それでちょっと水を差すというか、先回りするようですが、斧のみねで老婆の頭部をたたき割る。それをロシア語の動詞でラスコローチ（расколоть）と書きます。その名詞が「分裂」とか「割る」でした。その単語から異教徒という意味の分離派教徒《ラスコーリニク》（раскольник）という名称が生じるのでした。ラスコーリニコフ（раскольников）の名は、分離派教徒のラスコーリニクに人名を意味するオフ語尾をつけたしただけです。江川卓も指摘しているし、知っている読者も多いでしょうが、ここはおさらいの意味で。ラスコーリニコフの名そのものが人間社会からの分離を象徴していて、これから生じる場面の「たたき割る」という行為も、主人公の名前にひそかに指示されているのです。

小野　ラスコーリニコフはそれから両手で斧を振り上げる。ほとんど力をこめないで頭部めがけて峰打ちをくらわせる。

　老婆はいつものように頭になにもかぶっていなかった。白髪まじりの薄い亜麻色の頭髪は、いつものように油をぬりこめて編まれ、後頭部に角製の櫛のかけらでまとめられていた。斧の一撃は老婆の低い背丈がそこで尽きている脳天にくわえられた。彼女は悲鳴をあげたが、かすかに弱々しく、両手を頭にあげようとしたものの、とつぜん床にくずれ落ちた。片手にはまだ「質草」がしっかりと握られていた。つぎにラスコーリニコフは全力で一撃、二撃をくわえ、脳天めがけて峯打ちをくらわせた。コップをひっくり返したように血がどっと流れでて、老婆はあお向けに倒れこんだ。かれは一歩しりぞいて、彼女が倒れるにまかせ、すぐにその顔を覗きこむと、すでに屍体になっていた。両眼は飛びださんばかりに見開かれていたが、額と顔がしわを刻み、痙攣でゆがんでいた。（第一章七部）

中村　頭上に振り上げた斧の刃はラスコーリニコフの脳天に向けられていて、この瞬間、彼自身もまた象徴的な死に到った。ある意味でこのとき自らを殺した。だからこそ、彼の住んでいる小部屋は「柩」を思わせるのですし、そこへ「死刑宣告を受けた男」のように戻っていったりするのですね。いずれにせよ、こうした二重性を持つ極度に緊迫した場面です。しかも切迫感を現わす表現が変化に富んでいる感じですが、原文ではどうなのでしょう。

川崎　ラスコーリニコフの時間はすでにせっぱ詰まって「一瞬」「急に」「そのとたん」「ふと」「ふいに」「突然」「瞬間」となっているのに、ロシア語テキストでは殆どの副詞が「ふいに（вдруг《ヴドウルーク》）」一語なのです。ただ日本語の翻訳者が文章に綾をつけるために種々の日本語に移し変えているにすぎないのです。

ドストエフスキーは「ふいに」を記号のように使用しているにすぎないのですね。中村さんが言ったように人生は偶然の集積だとすれば、このシーンでドストエフスキーは作曲家か舞踊の振り付け師かのように振る舞っています。

ベローフによれば「ふいに」は『罪と罰』全体では五百数十回使用されていますが、数は少ないにしても、ラスコーリニコフの犯行時に頻用された「ふいに」だけを収束すると、それらは一楽章の音符のように甦り、地獄の時計のように鳴り始めるのです。ドストエフスキーの語彙が少ないとか、そんなレベルの話ではありませんね。

先にも言った「死のような静寂」は殆ど無時間と言ってもいいくらいです。こうしたラスコーリニコフの経験する時間と出来事の系列を、個別の数式にまとめているロシア人研究者がいて（ドゥルィジャーコワ『ドストエフスキーの生きている足跡をたどって』）、ぼくもこの数式に付き合いましたが、犯行の日数や時間はもとより行動したり沈思にふける時間を区分して数式で整理するというのは面白い発想ですね。

リザヴェータが戻ってきたので、彼女も殺してしまう。そのときのラスコーリニコフの気持は、恐怖と自分の行為への嫌悪感だけですね。「嫌悪感」というのがラスコーリニコフの倫理の正体を解くキーワードの一つでしょう。ふつうは、人を殺すのだから憎悪とか怖れとか悼みとか不安とかためらいとかを経験するはずですが、ラスコーリニコフは自分の行為に嫌悪感をいだき、醜いと思う。しかし醜いというのはきれいの対義語の一つでひとまず美学上の言葉ですね。醜く汚い行為をすることへのラスコーリニコフの嫌悪感が、殺人行為への歯止めの一つになっていたのです。

Ⅲ　殺人の思想

ある重大な一点

小野　ともかくも計画は遂行された。うまい具合に誰にも目撃されずに帰宅することができた。ところが、ラスコーリニコフは犯行の翌朝、事件とは無関係の家賃未納の件で警察に呼びだされ、帰宅した後に、盗んだ金品を隠しに行きますね。石の下に隠したあと、歩きながら「重大な一点」というのをもちだします。これは何なのか。

かれは敵意にみちた虚ろな目であたりを見まわしながら歩いていた。いまかれの思考はある重大な一点を中心に回転していた。かれ自身も、まさしく重大な一点が存在し、いま、まさにたった今、重大な一点と一対一で向き合ったのを感じていた。しかもそれは、この

二カ月来初めてのことだった。（第二部二章）

川崎　このとき彼は自己分析するのですね。自分ははっきりと意識した目的をもたずに、やみくもに行動しただけではなかったろうか。老婆の前でトランクを開けたときからそうだったのではないか。「自分がひどい病気なのがよくないんだ」「だが健康さえよくなれば」「だが回復しなかったらどうしよう？」

彼の不安げなつぶやきに、今回ぼくははじめて、まるでこの青年が目の前にいるかのように、つくづく不憫だなあと思いましたね。これはドストエフスキーの時代だけのことではないでしょう。

ところでなぜ「二カ月」でなければならないのか。「この二カ月以来」というのは、母親が手紙を出せなかった「二カ月間」とぴったり合うのです。

先にも言いましたが、母親からの通信がとだえていた二カ月の間に、「ある重大な一点」に向かって、あるものが彼の内に竜巻のように巻き起こって進んだ。ロシアでは「母なる大地」と言いますね。母親とその手紙は大地や共同体との媒介の役を担わされている。「ある重大な一点」がどんな種類のものであるか、次につづく出来事が示していないでしょうか。ネヴァ川の方向にむかいながら、行きあうもの、目にふれるもの一切に対してラスコーリニコフは敵意を抱いている。世界もまた彼に対し……ぼんやり歩いていた彼に馭者が危ないと再三注意するのに、耳に入らぬ様子で、馭者の鞭をくらい、歩行者たちの嘲笑をかう。しかし娘をつれた商家のおかみさんが彼を物乞いとまちがえて同情し、娘に銀貨を渡させます。

中村　確かに心の中は竜巻が起こっているし、不安な気分をかかえ、わけのわからない敵愾心《てきがいしん》もある。でも、次の引用を読むと、不思議な晴朗感もあるのです。「以前」と「以後」の決定的な境界に立っている。「踏み越え」をした人間が何か突き抜けたように、遠景を眺める。背後に深い闇をかかえた人間が、目の前の壮大なパノラマを前にして立ち尽くしているのです。ところが、やはり、視界に映るすべてのものは、失われたのだと自覚せざるを得ない。この不気味な明視の存在が幽鬼じみてもいます。こうした引き裂かれた複雑な心境をありありと描き出す、実に非凡な場面だと思いますね。

空には一片の雲のもなく、ネヴァ川にしてはめずらしく水は殆ど真っ青だった。寺院の円屋根は、小礼拝堂まで二十歩ばかりの、この橋の上からが最もすばらしく眺められ、明るく輝き、澄んだ空気を通して、ひとつひとつの装飾がくっきり見分けられるほどだった。鞭の痛みは収まり、打たれたことも忘れ、今はひとつの落ち着かぬぼんやりとした考えが特別にかれを支配していた。かれは立ったまま長い間遠くをじっと見ていた。大学に通っていた頃、とりわけ帰宅の途中しばしば、おそらく百回にもなるだろう、この同じ場所にたたずんで、実に壮大なパノラマに見入り、そのたびごとに、同様にはっきりとしない、口では言えぬ印象を抱いて驚くのだった。この壮大なパノラマがいつも得体のしれぬ冷気をかれに吹きつけてくる。壮麗な光景はもの言わず耳も聞こえぬ霊に満ちている。そのつど、かれは自分の受ける陰鬱で謎にみちた印象に驚き、自ら不審に思いながらも、解決を先送りにしてきた。ところが今、かれはふいにそれらの疑問と戸惑いを鋭く想いだした。しかもかれには今やそれらのことが偶然には思えなかった。以前と同じ場所に立ちどまることが奇っ怪でふしぎな感じがした。(省略)どこか下方の深みに、どこか足下の見えるか見えない所へ、すべての以前の出来事が、以前の考えも、以前の疑問も、以前の主題も、以前の印象も、そしてすべての眺望も、また彼自身も、一切のものがそこへ去ったも、……かれははるかの高みに飛びたち、視界のすべてのものが消え去ったように思えた。

(第二部二章)

川崎　風景は壮麗で明るいのに、ラスコーリニコフはそれを鬼気迫る異様なものに感じている。しかも今回同じ場所に来てみると、過去の考えと出来事のすべてが、急転直下、下方の底に沈み、自分の視野から消え去った。これはいかにも凄い大津波に淩われたような光景ですね。生死を呑みこむ自然の側からの、存在に対する全的否定。この洗礼をうけてこそ、つまり吹っ切れた心境の直後に「ある重大な一点」を意味する場面が来る。

ふと無意識に手を動かして、彼は拳に握っている、もらった二十コペイカ銀貨に気づいた。かれは拳を開いて銀貨をみつめると、大きく手を振って水中に投げこんだ。それから向きをかえると、家に向かった。この瞬間、彼は自分自身をすべての人間とすべてのものから、鋏で切りはなしたように感じた。

（第二部二章）

母親と少女が同情心から施してくれた銀貨をあえて川にほうり捨てるのは、この世界と縁を切ることを意味しますね。これが「重大な一点」です。

前日、家賃未納の件で警察署に出頭し、話の途中でとつぜん思いもかけぬ未知の感触に打たれましたね。エピソードにしては不自然なくらいの感触です。どうして警察でそんなことになるのか。突発的に「なにもかもにも無関心」になるという極端な心理状態が強調されています。その場でラスコーリニコフは「限りない孤独と疎外の暗い感触」をかかえこみ、それが伏線になって、翌日の不気味なネヴァ川の風景と、銀貨を水中にほうり捨てる行為につながるのですね。

中村　それらの一連の出来事は象徴的ですね。そもそも老婆殺しは日常から非日常へ、凡人から非凡人の一線を乗りこえるためのものだった。ところがその一線が超えられず、そこからはね返されて、それが断絶と分裂をひきおこす壁となる。銀貨の抛り投げはそこを越境するための新しい決意のシンボルだった。

小野　すると、母親が彼に手紙を出さなかったことが、この事件をひきおこしたともいえるわけですね。

川崎　手紙が出されなかったという意味でも、逆に出したけれども遅かったという意味でもね。母の手紙がラスコーリニコフを「自分のために意にそわぬ結婚をさせて母親と妹を犠牲にしていいのか。何かをしなくてはならん」という思いに駆りたてるのですから。さらによく読むと、二カ月よりはるか前の「とうの昔に」ともありますね。それに沿ってさかのぼるとラスコーリニコフが現役の学生だった六〇年代初め、ペテルブルグの大学紛争の時期にあたり、ドストエフスキーが『作家の日記』で書いているように、「大学紛争が学生をだめにしてしまった」結果なのです。つまりラスコーリニコフの犯行は彼ひとりの独断専行ではないということになる。共同体との係わりや、時代的な運命を背負っている。実際、学生の強盗があちこちで起こっていた。

小野　冒頭から「あれ」とか「あのこと」という指示代名詞でラスコーリニコフの老婆殺しを仄めかしながら、そのイメージは「一カ月以上」前からあったと書いていましたね。

川崎　その時期を母親の手紙に摺り合わせると、ラスコーリニコフがスヴィドリガイロフ家での妹ドゥーニャの窮境を耳にして母親に問い合わせる、しかし母娘は戸口に非難のコールタールが塗られるような窮境にあって、とてもまともに手紙で伝えられるような状態ではなかった。それで返事を書かなかった。「あれ」の発生はこの時期と重なるのです。

中村　代名詞や指示代名詞がだんだん具体的な名詞に推移していく、推理小説の技法ですね。

川崎　『罪と罰』を終え『白痴』を執筆する段階で、ドストエフスキーはこの技法を意識的にとりあげ、頁ごとに伏線を張って読者に疑問をいだかせて読者を前に引っぱっていかねばならないとメモしています。

「重大な一点」というのが「人間からの断絶」を意味するのであれば、そこから生じるのは果てしない孤独であり、「一アルシン（七十センチ）四方の土地に立ち尽くしてもなお生きていたい」という気持も分かります。ここの「一アルシン四方の空間」とはビクトル・ユゴーの『ノートルダム・ド・パリ』からの引用で、『罪と罰』ではこの先二百年も生きていけるなら七十センチ四方の狭い土地に立ちつづけても良いという意味が含まれています。

感覚と感触

小野　ネヴァ川の描写からさらに遡って、当日午前中にラスコーリニコフが警察で経験する異様な体験のことですが。

犯行翌日、ラスコーリニコフが家賃不払いの件で警察に呼ばれていき、前夜の老女殺しとは関係ないことがわかって急に気が緩むと、ぺらぺらと一年半前の下宿先の娘との恋愛のことまで話したりして、なんとなく事務官にぞんざいな態度をとられますね。しかしとつぜんラスコーリニコフは誰が何をどう思おうがどうでもいいという気分になる。そのときの彼の気分がこう説明されています。

ラスコーリニコフの心はだしぬけにそれほどまでにうつろなものになってしまったので

ある。せつない、果てしのない孤独と疎外の暗い感覚が、ふいにまざまざと意識にのぼってきた。(省略)いまかれの身におこりつつあったのは、かれにとってまったく未知の、新しい、思いがけぬ、ついぞこれまでに例のないことであった。頭で理解したのというのではなかったが、かれは明確に、全感覚をつらぬくほどの力で感じとったのだった。(省略)かれは一度としてこんな奇怪な、恐ろしい感覚を経験したことはなかった。そして、なによりもやりきれなかったのは、これが意識とか、観念というよりも、むしろ感覚であったこと、直接的な感覚、これまでの生涯にかれが体験した感覚のうちでも、もっとも苦しい感覚だったことである。

(第二部一章、江川訳　岩波文庫上巻二〇九―二一〇頁)

川崎　一例として江川訳を用いましたが、「感覚」と翻訳されている単語がありますね。ほかの人の翻訳もそうですが、『罪と罰』では本当は感覚《チュフストウヴォ》(чувство)ではなく感触《アシュシェーニエ》(ощущение)という言葉が用いられています。

ドストエフスキーは意識してこの言葉を使っていますね。「感覚」は感覚「器官」のレベルに属するものですが、「感触」とは肌で触れて知る繊細なものなのです。それはロシア語の発音にも表わされていて、アシュシェーニエという柔らかに摩擦する舌音が観念用語ではなくて感触を表す言葉だということが分かります。ドストエフスキーは『罪と罰』で最初から一貫してこの単語を選択して使っています。

しかもその、感触が「まざまざとかれの意識にのぼってきた」と訳されている箇所もロシア語では、「サズナーニエ（сознание）＝意識」ではなく、「ドゥシャー（душа）＝魂・心」という意味の単語が使われているのですね。ドストエフスキーが書いているロシア語では「意識にのぼってきた」ではなく、「魂・心に生じた」とあります。魂という無意識層に生じたのですから、「感触」と「魂」のレベルがもっと内的な深い所で呼応していることや、作家がぎりぎりの言葉で表現しようとしたことが分かります。

ぼくは学生時代に、埴谷雄高がドストエフスキーの小説は「観念の連打」によって展開される、つまり次から次へと人間の数だけ個性的な思想や観念が登場してくる思想・観念小説と書いているのを読んで、なるほどそういう把握の仕方もあるのだと納得しましたね。ところが六〇年代の後半になってバフチンが紹介されると、観念の連打というより「ことば」たちの複旋律的《ポリフォニック》な対話というふうに変わってきました。

『カラマーゾフの兄弟』の恋仇たち、カテリーナとグルーシェンカの口論を聞いていると、まるで人間の像がどこかに引っ込んでしまって、浮遊する言葉たちの衝突と交錯なのですね。言葉こそが人間の証明なのです。そんなことが分かって読むと、埴谷がいうようにこの小説は観念の連打の展開でもある。しかし、ここでぼくが言いたいのは、ドストエフスキーの小説は観念や言葉が対峙する作品ですが、同時にこれと混り合う感性の小説でもあるということです。「感触」は「連打」とは合わないので、「感触の明滅」とでも言えばいいのか……

夕陽の意味

中村　先ほどネヴァ川の光景が出てきましたけど、夕陽のシーンが小説全体の転換点のように現れることが、実に面白いですね。書き出しの表現の話のところでも言いましたが、重要な場面で必ず夕陽が出てくるし、「夕焼け小説」とでもいいたいほどです。

ラスコーリニコフが犯行前に藪の草地で寝転がって、農民たちが老馬を殺してしまう悪夢を見るでしょう。夢の老馬殺しはラスコーリニコフに老婆殺しを暗示しているので、彼は草むらから立ち上がって、自分にはとても企てを実行することなんかできない、自分には耐えられないと感じるシーンがありますね。実行する前から「耐えられない」という予感があります。その地獄から抜け出たいという無意識の願望が顔を出している。

橋を渡りながら、彼は静かに安らいだ気分でネヴァ川を、そして赤々と輝く太陽のまばゆいばかりの夕焼けを眺めた。体は衰弱していたにもかかわらず、殆ど疲労を感じなかった。それは、まる一月も化膿していた心臓の腫物が、ふいにつぶれたようだった。自由だ、自由だ！　彼はいま、あのまやかしや妖術や魔力から、悪魔の誘惑から解放されたのである。

（第一部五章）

川崎　悪魔の誘惑から自由であるというのは、老婆殺しという強迫観念から解放されたという意味ですね。このときは、夕陽はラスコーリニコフの救いの徴でもあったわけです。ついでに触れておきますと、「殆ど疲労を感じなかった」の「感じ」という動詞のロシア語は、「感覚」ではなく「感触」のほうです。

中村　現場の下見というか最後に質屋を訪れたときにも、こんな場面があります。

青年が通されたのは、黄色い壁紙が貼られた小さな部屋で、窓辺にはゼラニウムの鉢があり、モスリンのカーテンが掛けられ、折からの夕陽を受けて明るく照らしだされていた。「あのときも、やはりこんなふうに太陽が照らすわけだ！……」ふっとこんな考えがラス

コーリニコフの脳裏にひらめいた。（第一部一章）

なかなか凄味のあるのは、殺害の後、ラスコーリニコフが下宿に帰ってきて、血の付いた服を始末しようとしたとき、「陽射しが左の靴を照らし出した」というところですね。

夕暮れというのは昼と夜の間のあいまいで不安定な境位を示すものですから、それが心理的にも反映しているのですね。夕陽はドストエフスキーの作品にたえず出てくるイメージの一つで、『未成年』のヴェルシーロフは風景画家クロード・ロランの呼び招くような太陽を想いだし、『悪霊』のスタヴローギンは、はるか以前の幼年時代の思い出のなかでもある静かな夏の夕べを記憶にとどめている。ドストエフスキーが照準を当てた夕陽は、決定的な行動に成功したり、目論んだりする宿命的な時間のしるしなのですね。

川崎　ほかにもこんなところがあります。ラスコーリニコフが二度目にソーニャを訪ねて、リザヴェータ殺しを告白すると、ソーニャが自分の十字架のペンダントを渡そうとしますね。ラスコーリニコフは手をさしのべながら、しかしひっこめる。今度会ったときにしようという。十字架のペンダントを受けとることの意味がよく分かっているからです。このあとですね。一度自分の部屋に戻ってから路上にでて、不安と恐怖に圧倒され、それが夕刻の情景と融けあうのです。

かれは当てもなくさ迷った。陽は沈みかけていた。最近かれはなにか特別の憂愁をおぼえるようになった。なにか特別に刺すような鋭いものではないが、そこからはなにか絶えざる、永遠なるものが吹きつけてきて、この冷たい気の滅入るような、憂愁に閉ざされた出口のない歳月が、まもなく始まるように思われた。「一アルシン四方の空間」に立つという終わりのなさが予感されるのだった。夕刻になると、その感触がいつも強まり、ひときわかれを苦しめるようになった。

「日没みたいなものに左右されて、体調まで悪くなるようじゃ話にならん。馬鹿なまねをしでかさないようにしろ！　ソーニャどころかドゥーニャにまで会いに行きかねないからな！」かれは憎々しげにつぶやいた。

（第五部五章）

日没に支配される自分を非難している所がおもしろい。ラスコーリニコフには浪漫主義的な夢想にふける性格があります。これが夕陽や夕景への愛着や融合感となって現れるのでしょう。クロード・ロランに魅せられたドストエフスキーその人の資質でもありますね。

そして見逃せないのは、ペテルブルグそのものが西欧への窓口として西側の海、フィンランド湾に向けて創られたロシア西方の都市ですから、西側、つまり日没の方向に顔を向けた位置にあるのです。西欧に顔を向けているということは、ドストエフスキーの主題である「没落する西欧」の影も射していることになります。

白夜という自然現象もあって、ペテルブルグそのものが日没の似合う都市なのですね。こういう意味でもラスコーリニコフはペテルブルグが生み落とした鬼っ子です。

いま想いだしたのですが、ラスコーリニコフが三度目にソーニャを訪問したとき、こんどは主人公ではなく語り手自身の壮大な夕陽観が披露されます。ラスコーリニコフとしてはいよいよ最後の選択をせまられる時刻です。十字架のペンダントを掛けてもらいに訪れつつある、それでもまだ決意できないで迷っている。彼が訪れるころソーニャは窓辺でじっと彼のことを考えているのですが、「その間にも太陽は刻々と西に傾いていた」とあり、宇宙空間から俯瞰した時間風景ですが、なにやら地球惑星上の人間という生物の刻々と迫りくるというか、去りゆくというか、切迫感がみなぎっていないでしょうか。

ナポレオンとニーチェ

小野　ラスコーリニコフがネヴァ川に銀貨をほうり投げるまではかっこよかったのですが、人間から離別する決意も長くはつづかなかった。編集長カトコフ宛ての手紙に、ドストエフスキーの意図が書かれていましたね。「真理の法」とかラスコーリニコフの「人類との断絶感」のことが。しかしそこには居たたまれずに、逆にその断絶を埋めるために、彼は犯行後もう一度人間の輪に加わりたいと思うようになる。

他方でラスコーリニコフは一線を超えること、そのために世間との関係を断ち切らねばならぬと考えて実践に移行していたので、葛藤が生じる。

ところがまもなく、自分が殺したのは老婆ではなく自分の主義だったと認識せざるをえなくなりますね。喩えていえばニーチェ的な超人思想を貫くという主義、ここではナポレオンが用いられていますが、ナポレオンになるという自分を生かす信念を通せなかった。

川崎　『罪と罰』にナポレオンの名が登場するのは、一八一二年にナポレオンがモスクワを占拠した歴史的事実がまだ尾を引いていたからでしょう。加うるに、とりわけボナパルト・ナポレオンの甥で、ナポレオン三世になったルイ＝ナポレオン（在位一八五二〜七〇年）自身が書いた『ユリアス・シーザー伝』が『罪と罰』執筆前にロシア語に翻訳され相当話題になりました。その本ではナポレオンのような偉人や天才たちは歴史を創る「偉大な目的」を遂行するために人びとの血を流しても、それを踏みこえて進む権利をもっている、と主張されている。ボナパルト・ナポレオンはヨーロッパの地図を塗りかえた英雄としてラスコーリニコフの理想になったのです。のちに連載されたドストエフスキーの『作家の日記』にはナポレオンの名がひんぱんに登場します。というわけでラスコーリニコフのナポレオン志向は、個人の夢想というより、彼が時代の風潮にとりこまれた結果です。

ついでにニーチェとの関係についていえば、『罪と罰』のほうがニーチェの『ツァラツーストラ』より二十年早く書かれています。年齢もニーチェが二十二歳年下です。ニーチェはたまたまドストエフスキーの『地下室の手記』を書店で見つけて、読後ひじょうに親近感をおぼえ、それからドストエフスキーのファンになり、彼に「感謝している」ほどです。それでもぼくの記憶では、ニーチェは『悪霊』のスタヴローギンのように自殺する人物については軟弱な人物として評価しなかった。

ゴシック思想

中村　ドストエフスキーの描写は、古い城や館こそ出てきませんが、闇、謎、怪奇、犯罪、サスペンス、そして恐怖と戦慄の文学的しつらいが、明らかにゴシック・ロマンス風といっていいですね。文学的には十八世紀から十九世紀にかけて流行した美的趣味だったわけですが。

川崎　ゴシック建築は十三世紀のノートルダム寺院が代表的ですね。実はその流れをふたたび十八世紀に復活させたのがイギリスの貴族ウォルポール。ゴシック様式を模倣して自分の館を建て、そこで怪奇小説『オトラント城』を執筆した。ここからゴシック小説と呼ばれるジャンルが誕生しました。ゴシック・リバイバル現象です。風景や絵画や廃墟や庭園の見直しが始まったのです。

それでぼくはロンドンに行った際に、電車で一時間、ストロベリーヒル（苺ヶ丘）のウォルポールの館を訪ねたことがあります。一週に一度の開館日に偶然当たり幸運でした。

新旧二つのゴシック概念を共通項でつなぐものにエドマンド・バークの『崇高と美の観念の起原』（一七五七年）があり、かんたんにいうと、ゴシックの「崇高」は単なる「美」ではなく、超越者への畏怖、同時に暗黒への恐怖であると。ユゴーの『ノートルダム大聖堂』もゴシック小説ですが、その他ユージェーヌ・シューとか、ラドクリフとか、ぼくもずいぶん読みましたが、暗黒・怪奇小説ともいいます。メアリー・シェリーの『フランケンシュタイン』はそのなかの名作です。『フランケンシュタイン』はSF小説の先駆であり、もしドストエフスキーが現代に生きていたら相当にSF的な要素のつよい、さらに実験的な小説を書いていたと思います。急速に発達する科学技術とそれに対応する人間性の変化とか、膨張する宇宙と微生物化する人間の函数関係などね。それでも当座、中心にあるのは、人間という生物の「いかに在り、いかに生きるか」という倫理の問題でしょうか。

ドストエフスキーも子供の頃から祖母にゴシック小説の朗読を聞かされていた。彼はまたゴシック建築が好きで、ノートに尖塔や薔薇窓を描いていますしね。彼はシューの翻訳を試みたことさえある。学生時代の夏休みは兄の赴任先のゴシックの街、エストニアのターリンで過ごしたし、ただドストエフスキーとゴシック（建築、文学、思想）の関係をとりあげると、大論文になってしまうので、ここでは止しますが、ドストエフスキーの作風は装置も人物も観念もゴシック様式です。

ヴォーリンガーはゴシックの特徴を「興奮的で痙攣的で熱病的なもの」と呼んでいます（『ゴシック美術形式論』）。ドストエフスキーの文体もそうです。一例をあげるとスヴィドリガイロフの幽霊論にラスコーリニコフが反発する所がありますね。「『もちろん幽霊などいるわけがないでしょう』とラスコーリニコフは苛立たしげに言いはった」と。

ここの所、ロシア語ではラズドゥラヂーチェリナ・ナスターイバル（раздражительно настайвал）と書かれています。ラズドゥラヂーチェリナという単語は擬音といってもいいくらい苛立たしい表音で痙攣的でしょう。そのうえナスターイバルの綴りも不完了体動詞で長ったらしい。この二つが連結すると不協和音が響いて、ロシア人の読者なら誰でもしっくりと来ず抵抗感が残る。しかし、これはドストエフスキーが意図してゴシック的な不協和音を響かせているのです。

だから、これをたとえば「ラスコーリニコフは強情に言いはった」と語呂合わせふうに滑らかに翻訳すれば、現代音楽の不協和音をクラシックの協和音に変換するぐらいの逆行的な操作ということになります。

以前ぼくがペテルブルグのドストエフスキー博物館を訪れた際に、賢明そうな学芸員にドストエフスキーの作品はゴシックだといったら、即座に彼は「いや、バロックだ」と答えたので、ぼくがドストエフスキーの思考は垂直志向だからといったら、「いや、水平的だ」と言い返すのです。いっそのこと「ゴシック・バロックのドストエフスキー」というコンセプトをかぶせたらどうだと思ったのですが、これだとなんでもありきで面白くない。せっかくのゴシックという特効薬の意味が薄れてしまうと苦笑したことがあります。確かにバフチンのカーニバル論に倣って、華麗なバロックを『白痴』以降の作品に見ることもできるでしょう（『ドストエフスキーの詩学』）。それでもドストエフスキーの四大作品には超越に向けての視線が宿命的に存在するので、その意味でも「ゴシック思想」の系譜にあることは否定できない。ゴシックなんて古いよと言う人がいるかもしれないけど、それは例えばスピルバーグの映画『未知との遭遇』『ジュラシック・パーク』その他映画やアニメ作品にも限りなく受け継がれているのですからね。

良心の問題

小野　ドストエフスキーの『創作ノート』には殺されたリザヴェータの胎内には胎児がいて、編集長のカトコフがそんな原稿は載せられないと断ったそうですね。

川崎　よくも、ドストエフスキーはそこまでやるなあという感じですね。作家には犠牲者は二人では足りなかった。つまり殺害された生命の根というのは、限りない拡がりを持っていることを示したかったのでしょう。リザヴェータが無垢だからとか、分離派教徒だから乱交して孕んだ胎児だとかなんとかいう以前にね。一人を殺めることは二人を殺めることと同等、つまり老婆を殺すことはリザヴェータ殺しや胎児殺しにも潜在的につながっている。

中村　ラスコーリニコフの良心にはダブルスタンダードがありますね。自分に見える良心と見えない良心と。

川崎　なるほど、そういう言い方もできるわけですね。見えない良心、これが問題なのです。彼は老婆殺しの件で良心の痛みを感じることがない。では彼には良心が欠けているのかというと、そんなことはない。彼は彼なりの良心の基準を持っていて、母親や妹に良心はないのかと憤慨する。ところが自分の老婆殺しは良心の次元を超えていると考えているらしい。

ではラスコーリニコフにとって「見える」ほうの良心とは何を意味するのか。ソーニャの実父マルメラードフのあとを追うようにして、妻のカテリーナも、ソーニャの義母ですが、彼女も亡くなりますね。マルメラードフの追善供養が行われたあと、ラスコーリニコフは安酒場で歌を聴いているうちに「良心の呵責が突然うずきだしたような」経験をするのですが、その「良心」というのは実に奇妙なもので、「こんな事をしていて良いのだろうか」という殺人後の自分の自信のなさと優柔不断な態度に対する批判なのです。自分の「主義」を貫けないことへの良心の呵責なのですね。

ところで英仏独露ともに「良心」という単語（conscience, conscience, gewissen, совесть）は語源的には「と共に・知る」という二語から成立します。一緒になって「共に知る」連れというか相手があって初めて成立する道徳ですね。他者、第三者の視線を意識して、これと手をつなぐことで出てくる道義的な概念です。それが昔は「神と共に知る」、神を前にしての神の視線を浴びての良心だったのが、ルネサンスや啓蒙時代を経て近世以降、宗教心が薄れてきて、良心は「社会と共に知る」「共同体と共に知る」「隣人と共に知る」に変わってきます。飼い犬の糞だって見ている隣人がいなければ処理しない。

つまり共同体との関係において、社会や人間との係わりで、自分が共同体の利益を維持する行為をしているかどうかが良心の目盛りになるのです。神の視線ではなく人間の視線で見られる自分の行為への評価、これが現代における良心です。共同体維持の目で見れば、アリョーナという老婆は害虫としか思えないから殺して、むしろ社会の役に立っているのだから、ラスコーリニコフの行為は「正義」であって、良心は痛まない。

しかも良心は、つまり道徳のことですが、道徳は人間だけのものというのは人間の思い上がりにすぎず、ボノボやチンパンジーなどの類人猿にも「共に知る」道徳を自分たちのコミュニティで確立しているからこそ、相互の関係を築くことで共存しているのですね。例え彼らに一神教の「神」はなくとも、なにか神秘的なものを彼らなりに感じて雷雨や山火事や台風や光と闇という「自然」への畏怖感を持っていないとは、逆に誰も証明できませんよ。

ドストエフスキーは、ラスコーリニコフの殺人は「良心」などで片付く問題ではないと洞察して、人間を殺すことの意味をさらに深層で探ろうとしている。殺人後のラスコーリニコフにいちばん重くのしかかってくる問題は、こういうことです。「直ちに解決せねばならぬものが迫っているのに、それが何であるか明確には分からず、言葉でもいい表せない」という未知の不安なのですね。

その未知の部分はのちに少しは明らかになってくるようですが、結局、殺人という実験に耐えられなくて自殺するか自白するかの形にしぼられてきます。それも「良心に照らして」ではないのですね。

小野　「良心に照らして」というのはラスコーリニコフが予審判事のポルフィーリ・ペトローヴィチを訪れたときに問題になる表現ですよね。ポルフィーリは、この殺人事件を担当する切れ者で、ラスコーリニコフを真犯人と直感して、追い詰めていく。この応酬が後半の山場となってきます。

中村　そこに入る前に、見逃すことのできないシーンがある（第三部五章）。ポルフィーリが老婆殺しを調査する段階で、質草をあずけた一人ひとりの客を洗いだして面談していることが耳に入って、ラスコーリニコフは自分から判事に会って、質草の受領を申請したいといいだす。それで、ラスコーリニコフの親友で好人物のラズミーヒンが一緒に警察署に行き、入り口にさしかかる。ポルフィーリとラズミーヒンが親戚だというのも出来すぎている筋書きですけど。そこはドストエフスキーの小説の勢いに任せるとしましょう。

ラズミーヒンがラスコーリニコフの美人の妹ドゥーニャに一目惚れして夢中だったので、それをラスコーリニコフがさんざんからかう。こちらはムキになって怒るというのを超えて激怒しますね。ラスコーリニコフのほうはいかにも可笑しくてたまらないというふうに高笑いしながら、ポルフィーリと書記官ザメートフが待ち受ける警察署の部屋に向かう。このときのラスコーリニコフの側とポルフィーリの側に生じた心理についての記述の濃密感は実に読ませる。

川崎　ここでちょっと挿話的になりますが、ポルフィーリの肩書きは「予審判事」でいいのか、実は「取調べ官」相当ではないかという疑問が近年でていたのです。それに対して徹底的に資料を検討しレーニン図書館まで足を運んで結論づけたのが番場俊氏の『ドストエフスキーと小説の問い』（水声社）です。これによると六〇年代のロシア法曹界は急激な改革のさなかにあり、制度もよじれていて複雑きわまりなく、ポルフィーリの職名は警察の「担当捜査官」のはずだが、職務上は「予審判事」と同じ仕事をしていたので、ひとまずは現行の翻訳どおりの職名でいいだろうという。

話をもとに戻しますが、最後の三度目にポルフィーリがラスコーリニコフの部屋を尋ねてきて、最初の出合いのときのことをこうふり返っていう所が冴えていますね。

神があなたをお遣わしになったと思いましたよ。だから心臓がどきりとしたほどです。いったい、なんであなたはあの時出かけてこられたのでしょうね？　あの時あなたは建物に入ってきながら、笑って笑って笑いまくっておいででした。覚えていますか？　それで私はガラスを透かして見るようにすべてが分かったのですよ。もし私があんな特別な状態で待っていたのでなければ、あなたの笑いに何も気づかなかったでしょう。（第六部二章）

やはり、ドストエフスキーは心理学に教材を提供することのできる作家ですね。ユングがいうように、心理学者のほうが、神話や文学作品に文化や人間のモデルを見て学ばなければならない。

小野　こうして予審判事ポルフィーリと、元学生ラスコーリニコフの対決が始まりますね。学生といっても、学部時代に一般雑誌に論文を載せるくらいだから、これは相当に優秀で弁もたつ。彼が投稿した雑誌『週刊論壇』はつぶれたので、論文は掲載されなかったと思いこんでいたが、実は別の『月刊論壇』と合併して、そこに掲載されていたのです。ポルフィーリはそれをたまたま二カ月前に読み――この「二カ月間」は母親の手紙の不在や「ある重大な一点」とも時期的に合っていますね――ひじょうに興味をもっていた。

ポルフィーリはその論文を話題にもちだし、「非凡人なるがゆえに、あらゆる犯罪を行ない、かってに法を超える権利を持っている。たしかにこうでしたね」と論文の趣旨を自分流にまとめる。するとラスコーリニコフも、「問題がどこにあり、相手がどこに自分を誘導したがっているのか即座に理解した……かれは挑戦を受けて立つことにした」。二人のやりとりは最初から緊迫してきます。

川崎　こういうのを複旋律《ポリフォニー》のセンリツならぬ「戦慄」というべきですね。両者の決闘開始の瞬間です。

小野　ラスコーリニコフの主張はこうです。マホメットやナポレオンのような人類の法の制定者は例外なく犯罪者だった。流血の惨事をひきおこし、神聖な父祖伝来の伝統を破壊してきたからです。こうして「新しい言葉」を放つ人間は必ず犯罪者にならざるをえない。そして人類は凡人と非凡人に分類されており、非凡人は律儀な凡人たちを駒のように扱って自分の目的を達成する。そのために屍も流血も、ふみ超える必要がある場合は、自分で自分に全権をあたえる権利を持っており、それは良心に反することがない。

ポルフィーリはラスコーリニコフが老婆殺しにかかわったとにらんでいるので、論文で表された思想はラスコーリニコフの行動の背景ではないかと推定して、ディベートの形をとりながら追究するのですね。

無邪気なラズミーヒンは友人が殺人犯とは夢にも思っていないので、こう言うのです。「きみの論文の独創性は、良心に照らして流血を許していることだ」。つまり人を殺しても良心の痛みを伴う必要はない、殺人と良心は関係ない、次元がちがうという主張で、それがラスコーリニコフの論文の特徴だというのですね。「これは法律でもって流血を許可するより、もっと恐ろしいことだぜ」と法学部学生のラズミーヒンはいうのですが、それはその通りで、『罪と罰』の重大なポイントの一つで、根本的な人倫の問題ですからね。

この場面のあと、ラズミーヒンとラスコーリニコフとポルフィーリの三人の間で、非凡人と良心の関係についての意見がかわされる。ここは判事のポルフィーリがラスコーリニコフに迫るおもしろいシーンです。

ポルフィーリが「犯人は刑罰を受けるだけではすまない、良心はどうなります?」と詰問すると、ラスコーリニコフは「良心をもった人間が、誤りを悟ったら、苦しめばいい。これがその男への罰ですよ」と平然とこたえます。それはラスコーリニコフが自分の殺人行為を良心とは関係ないレベルで見ているからですね。

川崎　E・H・カーは『ドストエフスキー』で、『罪と罰』は倫理の書ではなく行動の書であると書いています。それは主人公の苦悩は良心との闘いではなく、自分の計画を遂行するための行動の書であり、殺人後は自分がこの「醜い」行為にどれほど耐えられるかの我慢くらべだからです。

ぼくらはこれを読んで「そうか、そういえばラスコーリニコフは最後まで殺人については後悔しなかった」と改めて気づき、目の前の地図を塗り替えられたような印象を受けました。しかし、ラスコーリニコフが「後悔」はしなくとも悩んでいる、耐えられなくて、自殺を考えるほどに苦悩している、これは事実なのです。中村さんの言葉でいう「見えない良心」のせいでしょうか。

中村　ふたりのやりとりで、これはポルフィーリの皮肉を利かせた問いかけですが、凡人と非凡人との違いはどこにあるのか。ラスコーリニコフによれば、凡人は保守的で律儀で服従の好きな人びとであり、非凡人は法の枠をふみ越える人びとで、破壊者である。しかし両者はともに平等である、と。

そして、注意しておきたいのは、「非凡人」のその法を踏み越える権利は、公的な権利と違っていて、あくまでも個人の「良心」に照らして、つまりは内面の要請から正当性を持つと言っていることです。自分の思想の実現のために、「良心」に基づき流血をおかす許可を自分に与えることができるという、能弁な論理性は持つけれど、いくらラスコーリニコフの言い分を聞いても、何とも倒錯した理想主義に思えますね。

ポルフィーリはさらに突っこんで、自分を非凡人と勘違いする者たちが出てきたらどう対応すればよいのかと聞くのです。ラスコーリニコフは自然の法則によって非凡人はめったに現れないので心配には及ばぬと答える。

新しいエルサレム

川崎　ぼくの関心をひいたのは、「非凡人」のキリストをどう扱うだろうかということでした。イエス・キリストを宗教的「天才」と呼ぶのを、ぼくが知る限りですが、西欧人やキリスト教徒は避けようとしますね。イエスを天才や非凡人以上の存在だと見ているからです。ラスコーリニコフは非凡人の代表としてナポレオンやニュートンなど六人ほどの名を挙げ、別に仄めかしのようにして、キリストと推測される人物を挙げていますね。

とはいえ、そうむやみに不安になる必要はありませんよ。大衆はいつもかれらの権利を認めないで、かれらを磔にしたり、絞首刑にしたりします。それは全く公平なことで、自分たちの保守的な使命を果たしているのです。ところが次の世代になると同じ大衆が処刑された人びとを台座に祭りあげて、これに礼拝するのです。（第三部二章）

これは磔で殺されたキリストと、四百年抑圧された後に、ローマ帝国に公認されたキリスト教のことですね。そこから話がつながり、ポルフィーリがラスコーリニコフにあなたは「新しいエルサレム」を信じているのかと問い、後者は「信じています」ときっぱり答えます。「新しいエルサレム」とは十九世紀ヨーロッパで広く使われた言葉で、二通りの意味がこめられている。まず新約聖書の「黙示録」に示され、やがて訪れる新しい地上の楽園のシンボルです。同時に社会主義のほうも「新しいエルサレム」を新しい社会秩序とユートピアの実現として使用しているのです。

ドストエフスキー自身も『作家の日記』で書いているように、当時はキリスト教と新しく登場した社会主義とが同一視されていたのですね。キリスト教社会主義とよばれて。ポルフィーリがここで言ったのはキリスト教の黙示録の立場からでしょう。ところがラスコーリニコフは新思潮である社会主義的な未来社会を念頭においていたらしい。

ラスコーリニコフは作者が言うように「未完の思想」の所有者で、自分でも自分のことがよく掴めていない青年ですから、無意識裡に神に呼びかけたりするのですが、このあとソーニャを訪れて交わす会話では、彼女自身や義理の弟妹の行く末を案じて、「どうするって？　打ちこわすものをひと思いにやる、それだけの話さ……自由と権力、いや、なにより権力だ！　ふるえおののく一切のやからと、この蟻塚の全体を支配することだ！」といいますね。これはキリスト教ではなくて、当時の社会主義的発想です。

さらにポルフィーリが「神を信じているのですか」と畳みかけると、ラスコーリニコフは「神を信じています」と答えますね。それは当初「自分に進むべき道を教えてください」と祈ったあの神なのでしょうか。キリスト教会で信者が祈りを捧げる三位一体の神とはちがう、もっと漠然とした奥のほうにある「神」という名の超越か、それともまた別のものの可能性もある。

こうして同じ言葉を使用しながら両者の間には言葉のすれ違いが生じていますが、最後の回答にだけは微妙なニュアンスがふくまれてきます。

それはポルフィーリが「ラザロの復活」の奇跡を信じていますかと尋ねたときです。尋ねられたラスコーリニコフは一瞬ためらい、口ごもりますね。なぜなのか。それは死人のラザロが復活する「ヨハネの福音書」の神話に、ラスコーリニコフが自分の精神的な復活を重ねるような気持でいたからなのか。或いは余りに唐突な問いだったので、ラスコーリニコフはたとえ二、三秒でも自分の気持を整理する必要があったのか。

中村　面白いのは、不意を衝くようなポルフィーリの問いかけへのラスコーリニコフのそうした躊躇《ためらい》ですね。この「ラザロの復活」は後で、ソーニャが「ヨハネの福音書」のこの箇所を朗読するわけですが、これは彼女自身の感情の秘密に触れることにもなり、何度も息がつまってしまう。この迷いの振幅の対比性がまた内面のドラマを作っているようにも感じます。自分の精神の隠喩として「ラザロの復活」を見直すという。しかし、それも宗教やイデオロギーとは無関係に、自分個人の立て直しに焦点をあてて、ポルフィーリに単にそう言っただけのことかもしれない。

川崎　同じ言葉を使いながらまったく反対のことを言っているということですね。

Ⅳ　スヴィドリガイロフ、ソーニャ、ドゥーニャ

スヴィドリガイロフのリアリティ

小野　最初に警察署から戻ったときラスコーリニコフは、正体不明の小柄な町人が自分を調査していることを知り、その男を追いかけていくと、路上でふり返って「人殺し」とはっきりいうので、彼は息がとまるほどのショックを受けます。

ラスコーリニコフは部屋に戻って眠りにおち、悪夢をみますが、ふたたびこの男があらわれ、彼を誘いだす。ラスコーリニコフは後にしたがい、気づくと改装中の犯行現場にいた。窓から月が見ている。片隅にぶらさがっている外套をとりはらうと死んだはずの老婆が椅子にうずくまっている。脳天めざして何度か斧を打ちおろして、傾く老婆の顔を下から覗きこむと、老婆は笑っている。ラスコーリニコフはぞっとして息がとまる。

川崎　問題は、この悪夢の直後にスヴィドリガイロフが訪れてくることです。最初のうち、この男もまたつきまとう町人と同じぐらいリアリティがない。日常的な存在感が希薄で、学生のころぼくは彼が実在する人物とは思えず、ラスコーリニコフの幻想のなかの人物なんだと思いがちでしたね。『カラマーゾフの兄弟』のイワンが相手にする悪魔みたいなね。

小野　それだけでなく、どこか間が抜けていてユーモラスなんですね。スヴィドリガイロフは、ロシア文学以外には登場しないような人物ではないですか。

中村　あえていえば、フォークナーでしょうかね。『八月の光』のジョー・クリスマスなどを思い出しますが、スヴィドリガイロフのような虚無をも呑みこんでしまうような得体のしれない恐ろしさを持った人物とは違います。クリスマスも相当な悪人ぶりを発揮しますが、黒人の血が入っているかもしれないという出自の曖昧さにもっぱら葛藤する男です。

もちろん、こうした人物造形の違いは、小説の魅力や深みとは別のことですが。それと、ドストエフスキーに影響を受けたのはD・H・ロレンスですが、人間にとりつく性愛への幻想の追究とこだわり方が異なります。

複雑な内面を持ったスヴィドリガイロフの場合、善悪の向こうへはみ出していくような激越な男で、だからこそ小説に厚みを与える重要な登場人物ですね。マルメラードフは早々と消えてしまったので、やはり存在感のある人物が後半で必要なわけです。実際スヴィドリガイロフは小説のちょうど真ん中あたりから登場し、後半部の小説的な展開にはなくてはならぬ人物です。

川崎　こういう人間は直接目に見える言動だけでは理解できないでしょう。ロシアのソクーロフ監督が製作した『ストーン』。ヤルタの屋敷で今は亡きチェーホフが夕暮れの屋内の黒い壁から部屋にまたいできて、留守番のバイト学生としばらく話をするのです。それからまた壁越しにすうっと消える。スヴィドリガイロフもそういう異次元空間との間を往来する男なので、当然リアリティに乏しい。しかしただそう見えるだけですね。

小野　スヴィドリガイロフはラスコーリニコフの無意識層に隠れて見えなかったものがイメージ化された人物だとも言われていますが……

スヴィドリガイロフにとっての愛

中村　とはいっても、スヴィドリガイロフの性的な放縦などはラスコーリニコフにはないでしょう。

川崎　それは両者の本質的な相違点ですね。性的放縦といってもフロイトのいうリビドー

（性）と無垢を穢す殺意の問題が絡んでいて、単純な図式では整理できない。こんな複雑な人物を登場させるので、フロイトはドストエフスキーを「犯罪心理の所有者」だと断定したのでしょう。

小野　スヴィドリガイロフにいわせれば、自分がしたこととラスコーリニコフの殺人のどちらが悪い？　と開き直る所があるでしょう。ですから一方的ではあるけど、スヴィドリガイロフはラスコーリニコフに親近感を抱いて近づく。

中村　J・M・マリは、スヴィドリガイロフの方を『罪と罰』の本当の主人公とみなしていて、この男を「年をとったラスコーリニコフであり、しかもわが意志は万物を獲得すべしとの決意の、年をとっても少しも鈍らなかった男である」と述べています（『ドストエフスキー』）。マリの「スヴィドリガイロフは主として行為上の悪への意志の顕現みたいに見えるが、実ははるかにそれ以上のものである」という指摘は、つまり、悪事と同じように、なにくわぬ顔で善行をするということ。善と悪が二項的に並列しているのではなく、それらが奇怪に混淆した意志堅固な人物です。

これはドストエフスキーによってこそ造型し得た人間像でしょうか。選民思想みたいな「あんなくだらない考えがすっとんでしまえば、たいした悪党になれるんだが」とラスコーリニコフを批判したり、「奇妙で滑稽なのは、おれはだれにたいしてもまだ強い憎しみを持ったことがない点だ」などと自己分析したり。言われてみれば、なるほど誰かに憎悪を抱いている悪党などたいしたことがない。憎悪が解消すれば、それでおしまいで、まともな人間になるかもしれないですから。ですから、スヴィドリガイロフは強い憎しみや恨みにとりつかれている類いの単純な悪党ではない。その性格や言動は、本人すらもつかみがたいほど得体の知れないところがあります。そこにすこぶる私は魅了されてしまうのです。

川崎　そうだとすれば、スヴィドリガイロフはラスコーリニコフがナポレオンとか非凡人と呼んでいる類いの、自分の意志ひとつで善も悪も実行するタイプ。それもスヴィドリガイロフの場合はリビドーが色情として歪んだ一変型だということですね。スヴィドリガイロフはラスコーリニコフと自分の相似性を指摘するほどだから、本人も自分の「得体」についてはかなり自覚しているはず。

闇とか悪とかの水深をどこまで下ろせば人間を測ることができるのか。その限界を測る課題をドストエフスキーは『罪と罰』で形にしたのだから、彼がこの課題を『罪と罰』だけに限定し、積み残すはずがないですよ。

小野　ドストエフスキー自身は十歳の少年のときに、モスクワの劇場でドイツロマン派の詩人シルレルの『群盗』を見て強い感銘を覚え、「精神面でひじょうに有益な影響」をうけたと言っています。にもかかわらず後年、シルレル型の理想主義を皮肉るスヴィドリガイロフを小説に登場させたのは、ドストエフスキーが監獄を体験したからではないでしょうか。監獄前の小説にはここまでにシニカルで複雑な悪人はいなかったでしょう。スヴィドリガイロフは、ラスコーリニコフの妹ドゥーニャと係わる人物ですが、最初は彼女の母親の手紙に登場するでしょう。彼は自分の女房を殺したわけだ。

中村　殺したという疑いはある。

小野　まちがいなく殺している。そうでないと話がなりたたないでしょう。女房が女地主だったから、彼は金持ちになった。

中村　だから世の中を生きていく人間の強烈なリアリティをもっている。徹底した現実主義者だし、ラスコーリニコフのもっている青臭い観念などより、はるかに確固としたものでしょう。もっともそれは最後に自壊作用を起こすのですが。

でも、この男がこだわる現実は、常軌を逸した過剰さがあって、そういう男がどうしても求めたかったのは愛だったところが皮肉にも痛ましいようにも思えます。ドゥーニャに「愛してくれないのか」と強要しますね。あれだけいろいろのものを手に入れて、思い通りやってきた人間が、最後に純愛といっていいかどうかわかりませんが、何か愛の手応えのようなものを求めて挫折したのです。ピストルを捨ててしまって、ドゥーニャは無防備だったのですから、あのときに自分の欲望をみたすことだけであれば、可能だったわけです。これが性的な快楽主義者であれば、思いを果たすことはできた。ところがそれが望みではない。

最終的に愛を拒まれたときに、自分がこれまで手に入れた現実など、たちまち意味をなくす。この倒錯した人生を粘り強く生きてきた人物が純一な愛を求め、果たせないとなると、あっさりと人生を葬り去る絶望的な感情にとりつかれてしまう。感情の振幅の大きさからすれば、ラスコーリニコフより凄みがあると思わせます。

愛を拒まれたシーンで、私がとても感心するところがあります。衝撃を受けたスヴィドリガイロフが、ドゥーニャに部屋の鍵を渡してから、背を向け窓の外を眺めながら、すぐに出ていくように「早く、早く」とせかしますね。「早く」という言葉には「恐ろしいひびきがこもっていた」わけですけど、この「早く」といういきわめて単純な副詞が、スヴィドリガイロフの心理的決壊のぎりぎりの緊迫を伝えて見事ですね。

小野　それは現実主義とどういう関係になるのかな。

中村　スヴィドリガイロフは、虚偽の愛を求めているわけではないですからね。性的欲望を満たすという次元の行為では、どうしたって到達できないものがこの男にはあったわけで、もしそのような振る舞いに出たら、もっと憎悪を剥き出しにした拒否にあっていたでしょう。それはスヴィドリガイロフも自覚していたと思う。

ですから、どっちみち彼の愛の情念は袋小路に入るほかなかった。この男が最後に手に入れたかったものは「愛されたい」という生の充溢感だった。でも、結局は挫折した。それにくらべれば、ほかの現実が急にみすぼらしくなって、どうでもよくなったんです。自分の命だってどうでもいい小さい現実になるような事態に陥り、未知の自分自身と出会ってしまった。現実主義者スヴィドリガイロフ自身が、あ、おれは違っていると、ほんとに欲しかったものは違っていたのかというふうな現実感が、どっと押し寄せた。なにか異次元の場に行きついたところがあって、死によって自己を決算するしかなかったのです。

小野　スヴィドリガイロフはラスコーリニコフが婆さんを殺したことを確実に知っているというか、確信している数少ない人物のひとりですね。その証拠を集めようと思ってラスコーリニコフにくっついているのでしょう。それが変なんだな。そして面白い所でもある。

川崎　人殺しをして、施し物の銀貨をネヴァ川にほうり投げ、人間社会と断絶したラスコーリニコフのニヒリズムに、スヴィドリガイロフは同族意識をもち、さらに探りを入れ、白状させてやろうという、ドゥーニャの兄でもあるし……

中村　ドゥーニャを我が物にするために腐心していて、これをネタに脅迫して言いくるめる材料ができたというのでしょう。

川崎　それがいちばん現実的な理由でしょうね。

ドゥーニャとソーニャ

中村　そこまでは非常にあくどい現実主義者なのですね。計算して、そのとおりになり、ところが最後になってね、ドゥーニャが目の前に来たとき、こいつの心が欲しいと思ってしまう。ドゥーニャもなかなか面白い女性として描かれています。ドストエフスキー的登場人物の中でいえば、一つの典型的なタイプかもしれないのですけどね。

川崎　こまかく読むとドゥーニャは口がほんの少し小さく、受け口で、それがかえって魅力的だとあります。ドストエフスキーは処女作『貧しき人びと』でいちはやく名が知れて、パナーエフ家の社交界に出入りするようになったんですが、パナーエワ夫人が知的な評判の美人なので、青年ドストエフスキーは惚れこんでしまった。夫人の名がアヴドーチヤ・パナーエワで、その名がドゥーニャに移されています。

小説のドゥーニャは愛称ですが、正式名はアヴドーチヤですから。パナーエワ夫人とは外見も似ているけど、プライドがつよくて情熱的な性格も似ていた。ただパナーエワ夫人にはドゥーニャのような「純潔さ」が欠けていたということですが、才色兼備の女性だったので、なにかと噂がたえなかったのでしょう。

小野　ドゥーニャに比べると、ソーニャの容姿はまだよく分からない所があって、場面によっていろいろの風貌を出してきますね。

川崎　犯行後のラスコーリニコフが、夜偶然マルメラードフの交通事故に出会い、臨終に立ち会っているときに、路上で客引きしているソーニャが呼びにやられて戻ってきますね。そのとき、これは作家の視線で客観的に描いているのか、初めてみるラスコーリニコフの視線も混じっているのか、あとひとつ分からないのですが、こう書かれているのです。「青白い、おびえたような顔がのぞいていた。ソーニャは十八歳ぐらいで、やせて小柄だったが、青い目のすばらしい、なかなか器量よしの金髪娘だった」

これは夜の薄暗がりだったから、そう見えたのでしょうか。翌日、日中にソーニャが義母の使いでラスコーリニコフを尋ねてきて、彼の家族やラズミーヒンの前で話をします。その彼女はこう描かれています。これはラスコーリニコフ自身の目に映ったソーニャなんですね、きっと。「話のあいだ、ラスコーリニコフはじっと彼女を観察していた」とありますからね。

痩せぎすの、というより、ひどく痩せた青白い小さな顔は、それほど整っていなくて、小さな鼻と顎も尖りぎみだった。とても美人とはいえなかったが、その代わり碧色の眼が澄んでいたので、それが生き生きしはじめると、彼女の顔が善良で純朴な表情を帯び、見る者は思わず彼女に惹きつけられるのだった。そのうえ彼女の顔には、というより彼女の容姿全体にはきわだつ特徴があった。十八歳という年齢なのに、彼女はまだ少女のように見え、殆ど子どもともいえるほどで、それがなにかの動作の折々に滑稽なくらい表にあらわれるのだった。

（第三部四章）

父親の事故死の処理で、前夜はソーニャもろくに眠れず、疲労が顔に出ていたのでしょう。これは物語の最後になりますが、ラスコーリニコフに同伴して行ったシベリアの徒刑地では彼女は「青白く、やせて」としか描かれていないのです。彼女が地味な、自己アピールをしない娘であるためでしょうか。しかし「思わず惹きつけられる」というのだからソーニャには魅力があるのです。碧色の目が澄んでいて、それが生き生きし始めると聡明さや人の良さが顔の表情に現れる。

中村　では、ドストエフスキー作品の中の女性たちの系譜から見た場合、ドゥーニャはだれに近いといえるのでしょう。一番出てきそうな人物ですからね。『白痴』だと誰か。

小野　『白痴』は個性のつよい女性たちばかりだ。

中村　ドゥーニャは一途で頑固ですが、兄思いのいい娘ですね。二十一歳かな。

小野　スヴィドリガイロフは何歳だったかな。ドゥーニャが結婚するはずだったルージンが四十五歳ですね。スヴィドリガイロフは自分で「もう年だ、年だ」という。するとルージンよりは年長で、五十歳前後ですか。

川崎　そう、五十歳で、十六歳の娘を許嫁にしていて、娘の両親も喜んでいる。

スヴィドリガイロフ対ラスコーリニコフ

中村　あとのほうになって、ラスコーリニコフがスヴィドリガイロフについて思うでしょう。「この男がもうずいぶん前からなぜか自分には必要な存在になっていることを内心認めざるをえなかった」。自分に欠かせない存在となっているという意味でしょう。

川崎　ラスコーリニコフは、スヴィドリガイロフについてよく理解できない点があるけど、スヴィドリガイロフのほうは彼のことがよく分かっている。だからこう言いますね。「あなたはシルレル、つまり理想主義者なんですね！……あなたはシルレルがお好きですか、私は大好きですよ」。

ラスコーリニコフは純粋だからこそ理論に従って殺人という境界を超えてしまった。スヴィドリガイロフはまた自分のことを「ぼくはいくぶん神秘論者なのです」ともいっている。妻のマルファや元家令の幽霊が出てきて、彼と話をしたり彼の命令を聞いたりしているのです。

スヴィドリガイロフは人を殺したり、悪夢を見たり、シルレルの愛好者であることを口実にラスコーリニコフとの共通点を強調します。しかしスヴィドリガイロフが幽霊話をもちだすと、ラスコーリニコフは「ばかげてる！」と反応しますね。自分が夢のなかで老婆の幽霊と遭ったのは、あれは夢なのだからと割りきっているからでしょう。

「とんでもない、信じたりなんかするものですか！」ラスコーリニコフはどこか敵意のこもった声で叫んだ。

「ふつう、世間ではこんな場合なんと言いますかね？」と、スヴィドリガイロフはいくぶん頭をかたむけて脇を向くと、つぶやくように言った。「こう言うのですよ。〈君は病気だ。だから君に見えると思われるものは、実際には存在しない夢幻にすぎないのだ〉とね。だがここには厳密な論理がありません。私も幽霊が病人にだけ見えることには同意しますよ。だけどこれは幽霊が病人以外の者には現れないというだけのことで、幽霊そのものが存在しないということの証明にはならないのです」

「もちろん、いるわけないでしょう！」ラスコーリニコフは苛立たしげに言いはった。

「存在しない！　あなたはそうお考えなのですね？」スヴィドリガイロフはかれのほうにゆっくり向きを変えると、つづけた。「だったら、こう考えたら如何でしょう。〈幽霊なるものは、別の世界のいわば小片や断片であり、それらの基点である。健康な人間には幽霊を見るすべもない、というのは健康な人間というのは最も地上に適した人間であり、したがって、充足と秩序のためにこちら側の生活によってのみ生きていかなければならないのですからね。しかしその人間が少しでも病気になって、少しでもオルガニズムのなかの正常で地上的な秩序が壊れると、直ちに別の世界の可能性が現れ、病いがひどくなるほど別の世界との接触も高まり、こうして人間が完全に死んだときはそのまま別の世界に移行する〉。私はこの問題を以前から考察してきました。もし来世を信じているのなら、この考察も信じることができますね」

「ぼくは来世なんか信じちゃいませんよ」とラスコーリニコフは言った。

　スヴィドリガイロフは腰かけたまま、考えこんでいた。

「しかし来世には蜘蛛とかそんな類いのものしかないとしたら、どうでしょう」

「この男は気違いだ」とラスコーリニコフは思った。

「私たちは永遠というものを、理解することのできない観念、なにか野放図に大きな、巨大なものとして考えているでしょう。どうして必ず巨大なものなんでしょう？　代わりにこんなふうに考えられませんか。田舎の煤だらけの湯殿みたいなもので、四隅には蜘蛛が巣を張っている。これこそが全くの永遠なのだとね。私にはね、よくそんなものが目にちらつくのですよ」

「ほんとうにあなたは永遠についてもっと心癒される、まっとうなものが考えつけないのですか？」とラスコーリニコフは病的な感情におそわれて叫んだ。

「まっとうなものですって？　ひょっとしたら、これがまっとうなものかも知れませんよ。それに私はわざとにでもそうしたいのですよ」とスヴィドリガイロフはあいまいな笑いを浮かべた。

この形をなさぬ答えを聞いてラスコーリニコフはふいになにやら冷たいものに掴まえられたような気がした。スヴィドリガイロフは顔をあげてラスコーリニコフをじっと見つめると、とつぜん大声で笑いだした。（第四部一章）

小野　となると、やはりスヴィドリガイロフは現実主義者といえるのでしょうかね。

中村　そう、それはある種の理想主義と表裏一体になっている。意外な自分自身と出遭ってしまった。現実主義者スヴィドリガイロフ自身が、あ、おれは違っていると、ほんとに欲しかったものは、より堅固な生の充溢感なのだと思ったわけですから。結果的に強烈な欠落感を抱かざるを得なくなって、幽鬼のような存在になるまで追い込まれる。

川崎　スヴィドリガイロフのことをぼくは存在感が薄いといい、中村さんは逆に強烈だという。これは同じことを盾の両面から言いかえているだけではありませんか。日常生活のリアリティが希薄で、話し方も飄々としているでしょう。ところが生活次元から離脱している、その仕方がすごくオリジナルで、幽霊と話をするような資質を前面にだしてくる。最後はみごとな拳銃自殺をとげて、これも確かに強烈だけど、また空虚でもありますね。

小野　それからスヴィドリガイロフは子供を殺していますね。

川崎　それが、風評としての第三者からの仄めかしで、はっきりとは書かれていないのです。スヴィドリガイロフと反目しているルージンが、ラスコーリニコフに「スヴィドリガイロフは子どもを死にまで追いやるようなまねをした」（江川訳）と吹きこんでいます。「死にまで追いやる」という表現は、ロシア語では「子どもの死の原因にさえなった（Вы даже были причиной смерти ребенка)」と書かれています。そしてこの微妙な表現につながるようなエピソードといえば、ラスコーリニコフとの会話、さらにドゥーニャへの暴行未遂のあと、自殺する前にスヴィドリガイロフが夜おそくホテルの粗末な空き部屋にとまり、仮睡しているときに見る情景です。

夢幻《ゆめまぼろし》の描写ということもあるでしょうが、原文で読むと、特に後半は長々とつながりっぱなしの、翻訳者泣かせのドストエフスキー特有の文体です。

スヴィドリガイロフは歩いているうちに、豪華な花で飾られた大広間に入る。その中央に白繻子のクロスで覆われたテーブルがあり、その上に花で飾られ白絹に包まれた棺が置かれていた。中には少女の遺体が横たわっている。

端正な、硬直した少女の顔のプロフィールも大理石で彫られたかのようだったが、少女の青白い唇に浮かんだ微笑には、どこか子どもらしくない、深い悲しみと哀願がこめられていた。スヴィドリガイロフはこの少女を知っていた。この柩の脇には聖像も、燈明もなく、祈祷の声も聞こえなかった。少女は川に身を投げて自殺したのだ。やっと十四歳になったばかりなのに、少女の心はすでに打ち砕かれ、それが彼女を破滅させ、この年端のゆかぬ心を恐怖と驚愕におののかせ、天使のように純な魂をいわれのない屈辱で満たし、だれに聞かれることもなく無惨に辱められた絶望の最後の叫びを彼女からもぎ取り、湿っぽい雪解けの夜の冷たい闇のなかでは、風がうなっていた……

スヴィドリガイロフははっと我にかえり、ベッドから立ちあがって、窓辺に近づいた。

（第六部六章）

これを読みながら思うのは、この記述はだれの視線で描かれているのかということです。ここでは作家即ち語り手というわけではありません。ドストエフスキーは語り手を設定して、彼に現場報告をさせる技法を多用しているのですが、このシーンは語り手にしてはひどく情緒過多で、スヴィドリガイロフの視線がかなり重なっているようにも見える。夢を見ていて、はっと我にかえるのですからね。

「スヴィドリガイロフはこの少女を知っていた」とありますが、自死した少女への悲痛な同情は明らかに客観的な語り手のものではなく、語り手にはそこまでの権限はありませんからね、スヴィドリガイロフに属するものです。となると彼は陵辱された少女の痛みや苦しみが実によく分かっている深い共感力をもつ人物ということになりますね。

しかし他方で、例の俗物のルージンですが、スヴィドリガイロフを怖れているあの男が、「スヴィドリガイロフは娘を辱めた」と言っているのです。追善供養でソーニャに窃盗容疑の罠を仕掛けるような男だから、あまり信用はできないが、しかし「スヴィドリガイロフを怖れている」というのは、ルージンがスヴィドリガイロフの真実の一端を知っているからこそではないか。となると人の噂とはいいながら、ルージンの発言はスヴィドリガイロフの少女陵辱を示唆することになるのではないか。しかも同時にスヴィドリガイロフは夢のなかで少女の悲惨な死に深く同情しているような工合ですね。

小野　これにつづく夢にも、酔っぱらった料理女の母親から折檻された五歳くらいのかわいそうな娘が出てきますね。スヴィドリガイロフが庭でびしょぬれになった娘の面倒をみて部屋の寝台に寝かせる。ところがその幼女の顔が娼婦のような怪しげな表情になり、スヴィドリガイロフが手を払いのけようとしたら夢だった。これは逆にいえばスヴィドリガイロフが非常に淫蕩な目で幼女を見ていたということの裏返しではないでしょうか。

それから、さっきの話ですが、ラスコーリニコフがスヴィドリガイロフに子どもを死にまで追いやるようなことをしたとか、家令の死にもかかわっていると話したときに、スヴィドリガイロフはどうにも耐えきれぬ様子で「そんな趣味の悪い話は、お願いだから止めてください」と応じていますね。身に覚えのない話なので我慢ならないのか、あるいは一半の真実が含まれているので嫌がっているのか、その辺はよく分からない。しかし、彼が実際に係わったかどうかは別として、物語の構図は見えてきましたね。

中村　面白い所ですね。幽霊の存在を信じる、他界にとりつかれながらも現実的に生きるといったように、このスヴィドリガイロフの性格はじつに複層的にできている。

川崎　これを一人の人格に肉化するというのは至難の業ですね。ドストエフスキーは「悪」の問題を突きつめて行く過程で、いうまでもなく老婆殺しは大なる悪事ですが、少女を自殺に至らしめる行為のほうが、つまり無垢を犯すことのほうが、「シルレルの理想」（人間の理想）

を殺すことで、より重い悪と考えていたのでしょう。そのことは『手帖より』でも仄めかされています。

スヴィドリガイロフのニヒリズム

小野　スヴィドリガイロフという人物をよく知るためには、彼とドゥーニャとの関係も洗い直さなければならないと思います。スヴィドリガイロフが一方的にドゥーニャに悪さをしているのではなく、最初、妻のマルファからドゥーニャを雇うと聞いて、「これはまずい」と思うんですね。スヴィドリガイロフが自分でも彼女に入れあげる予感がした。だから自分を抑えてドゥーニャには君子危きに近寄らずという態度をとっていた。同時にもう一人のきれいな小間使いならいいだろうと……彼女に手をだして、これがスキャンダルになります。それで家庭教師として住み込んでいたドゥーニャがスヴィドリガイロフを教化しようと自分から接近しますが、理想を説くドゥーニャの純潔な美しさにスヴィドリガイロフはすっかり参ってしまう。しかも「ぼくが悪いのじゃない。要するに抑制のきかない情欲の衝動から始まったのです」とラスコーリニコフにいうでしょう。「愛情」と「情欲」の二つが絡みあっている。相互になずまないはずのものが共存してスヴィドリガイロフというキャラクターになる。それは悪事と慈善という矛盾する二つの要素の所有者としてもそうですね。

中村　スヴィドリガイロフが「永遠とは蜘蛛の巣だ」なんていうでしょう。

川崎　「永遠の生命」を説くキリスト教へのシニカルな挑戦ですね。宗教は「永遠の生命」を得ることを目的として、信者もそのために礼拝している。

中村　生まれたと思えばあっというまに死んでしまう。だったら人間はしたい放題のことをして過ごせばいいではないか、ということになる。つまりもっとも基本的で単純なニヒリズムですね。そしてそこからさまざまな様態のニヒリズムも派生する。

川崎　ラスコーリニコフの言動は多分に政治的、社会的ニヒリズムをかかえていますが、スヴィドリガイロフのニヒリズムは無限のなかに呑みこまれてしまうニヒリズムそのものです。

小野　スヴィドリガイロフは亡妻の遺言でドゥーニャに一万ルーブリを渡したい、そしてルージンとの婚約を破棄するようにドゥーニャに忠告しますね。スヴィドリガイロフ自身は別の若い娘と結婚するので、自分の野心のためではない、ルージンが良くない男だからドゥーニャにそう勧めるのだという。

　このあとラスコーリニコフと母娘、それに友人ラズミーヒンも同席してのルージンとの話し合いがあります。ところがルージンの見くだした態度や余りの俗物ぶりに、母娘が反発して結局ドゥーニャとの婚約はご破算になります。憤懣やるかたないルージンはしかし、このあと、卑劣な復讐をくわだてます。

「ラザロの復活」を読む

中村　ラスコーリニコフは、不安がる母親と妹を残して急に外出したので、ラズミーヒンが追いかけてゆくと、ラスコーリニコフは「あの二人を捨てないでくれ、分かるだろう？」と言って、そのとき初めてラズミーヒンは友人がなにをしたのか察知したんですね。

ラスコーリニコフは、その足でカペルナウーモフの館に住むソーニャを訪れます。カペルナウーモフというのはマンションの所有者の名ですが、イエスが伝導の一歩をふみだした第二の故郷と呼ばれるガリラヤ地方の町カペルナウムの名から採られたものです。キリストは当時ロバしか乗り物がなかった時代ですから、いまでいう市町村のごく限られた地域しか巡っていないのですね。

小野　ソーニャの部屋はわずかな家具しかない、広いけれども、いびつな形の部屋です。

ラスコーリニコフは、なぜかソーニャの義理の母親カテリーナや連れ子の弟妹のことにふれて彼女を傷つけます。ソーニャはけんめいに義母をかばい、妹のポーレンカも将来あなたのような娼婦にならざるをえないというラスコーリニコフに、彼女は「神さまがあの子を守ってくださいます」と答えるのですが、彼が「でも、もしかすると、その神さまもぜんぜんいないのかもしれない」と意地悪く笑うので、泣きだしてしまう。

またラスコーリニコフは、彼女が父マルメラードフの背中を今晩九時ごろ見たというのに対し、「(客を取るために)あなたは路上にでていたのですね」とか、「金は毎日入るわけではないのですね」とか相手の顔を雑巾でなでるような尋ね方をしますね。

しかし、これほど侮辱的な言辞を弄しながら、ラスコーリニコフは「五分」ほど沈黙したあとで、異様な行為にでる。ふいにソーニャの足下に伏して足に接吻するのです。「どうして私なんかに」とびっくりした彼女に、ラスコーリニコフは答えます。「ぼくはきみにひざまずいたんじゃない。人類のすべての苦悩の前にひざまずいたんだ」

川崎　そこから先の二人のやりとりは迫真的です。ラスコーリニコフの疑問は、ソーニャがこれほどの苦境にいながらなぜ自殺せずにいられるのかということです。彼女を支えているのは宗教なのか。「奇跡が起こるのでも待っているのだろうか?」という程度の彼の認識ですね。

このせりふはラスコーリニコフの皮肉ですが、同時に「ラザロの復活」への伏線でもあります。それでもラスコーリニコフは冷たく、ちょっかいでもかけるように、「きみは熱心に神さまにお祈りするのかい？」と尋ねる。「神さまがいなかったら私どうなっていたでしょう」。そう答える彼女の目がいきいきしてくる。ラスコーリニコフの反応は「ははん、やっぱりそうか」です。

ソーニャのアンバランスでありながら不思議な魅力をたたえる容姿をラスコーリニコフはどう受けとめてよいか分からず、これは「神がかり《ユロージヴァヤ》」（聖痴愚）だと断定するしかないのですが、しかしもう半ばソーニャの世界に引きこまれているのではないでしょうか。

ラスコーリニコフは箪笥の上に聖書を見つけて彼女に問うと、「神を見る人」リザヴェータが持参してくれてときおり一緒に読んだという。ラスコーリニコフが老婆のあとで殺してしまった妹のほうですね。

中村　ソーニャとリザヴェータが聖書を一緒に読んでいたというシーンは印象的ですね。

川崎　リザヴェータあってこそのソーニャの魂の救済という設定があるわけで。そのリザヴェータが聖書をソーニャに貸してくれた。

ドストエフスキーが『罪と罰』を執筆する前年に、普及版の聖書が出版されたので、はじめてひろく聖書が行き渡った。だから読者は同じ版の聖書を手にして「ラザロの復活」物語に容易に共感をもつことができたそうです。

リザヴェータなしにはソーニャの手もとに聖書はありえないわけで、しかもそのリザヴェータはソーニャの将来の恋人になるラスコーリニコフの手で殺されてしまった。ソーニャが彼にリザヴェータの聖書を朗読して聴かせるというのは、ラスコーリニコフにとっての宿縁ですね。一方で「ラザロの復活」にこそソーニャの起死回生の秘密があるので、彼女はそれを第三者の前で声にだしてあからさまにすることに羞恥をおぼえたのです。しかも同時に彼女にはラスコーリニコフにどうしても「ラザロの復活」をいま現在聞かせてやりたいという切なる願いがあって、二つの欲求がせめぎあっている。ラスコーリニコフはそれに気づいて、ためらうソーニャに朗読を強いるわけです。

その「ラザロの復活」を朗読するところです。

彼女はいましも、あのもっとも偉大な、かつて例のない奇蹟についての言葉にさしかかろうとして、偉大な勝利感にとらえられていた。声は金属音のように甲高くなり、勝利と喜びがその声に躍動して、声を力づけた。目の前が暗くなるようで、行と行が入りまじったが、いま読んでいる個所はもうそらで知っていた。最後の一節「あの盲人の目をあけたこのひとでも……」というところでは、彼女は声をすこし低めて、神を信ぜぬ盲目のユダヤ人たちの疑惑と非難と中傷を熱烈に、情熱的に伝えた。だがその彼らも、いますぐ、一分後には、雷に打たれたように、ひれ伏し、声をあげて泣き、信じるようになるのだ……『神を信じない盲目のこのひとも、いま奇蹟を聞いて、やはり信じるようになる、そうとも、そうとも！　いますぐ、この場で』夢はふくらみ、彼女はよろこばしい期待にふるえた。

「イエスはまた心を傷めて、墓に来られた。それは洞穴《ほらあな》であって、それは石でふさがれていた。イエスは言われた、「石を取りのけなさい」。死んだラザロの姉妹マルタが言った。「主よ、もう臭くなっております。墓に入って四日ですから」」

彼女は、四日という言葉にことさら力をこめた。

「イエスは彼女に言われた、「もし信じるなら神の栄光を見るであろうと、あなたに言ったではないか」。そこで、死者の横たわっていた洞穴から石を取りのけた。すると、イエスは目を天にむけて言われた、「父よ、わが願いをお聞きくださったことを感謝します。あなたがいつでもわが願いを聞いてくださることを、よく知っております。しかし、こう申しましたのは、ここに立っている人びとに、あなたが私をつかわされたことを、信じさせんためであります」。こう言われてから、大声で「ラザロよ、出なさい」と呼ばわれた。

すると、死者は出てきた。（彼女は自分が目のあたりにしたかのように、身体をふるわせ、悪寒を感じながら、感激にあふれた大声で読みあげた）手足を埋葬の布でまかれ、顔は手拭いで包まれている。イエスは人々に言われた。

「彼をほどいてやって、行かせなさい」。

するとマリヤのところにきて、イエスのなさったことを見たユダヤ人たちの多くは、イエスを信じた」

それ以上、彼女は読まなかった。いや、読むことができなかった。本を閉じて、すばやく椅子から立ちあがった。

「ラザロの復活のところはこれだけです」彼女はきれぎれに、きびしい調子でささやき、わきのほうを向いて立ったまま、じっと動かなかった。何か気はずかしくて、彼のほうに目をあげるのがためらわれた。熱病にかかったような体のふるえはなおつづいていた。

（第四部四章、江川訳　岩波文庫中巻二八八頁）

ここで引用しているソーニャの朗読場面は、実際にはドストエフスキーが『罪と罰』で引用している聖書の場面の五分の一にすぎません。この箇所のすこし前に、イエスがマリヤやユダヤ人たちが泣いているのを見て「みずから心を傷め、いきどおられた《ヴォズムチールシャ》（возмутился）」という一文があります。ただし、この「いきどおり」とは周りの人びとへの怒りではなく、祈祷者が治癒行為に及ぶときの精神集中のための興奮状態を当時の言葉でそう表したのです。これはヘブライ語やギリシャ語原典を基にした近年の解釈だから、ドストエフスキーが「ヨハネの福音書」のその箇所を昔どう受けとったか、それはぼくには即断できません。

小野　ここで甦りが死後四日目に起こることで四という数が登場しますね。ベローフは『『罪と罰』注解』で数字四の象徴性を、数多の研究者の説を参考にしながら、説明しています。ドストエフスキーは監獄で四年間を過ごした。「ヨハネの福音書」は四番目の聖書とか、ソーニャによるラザロの朗読はラスコーリニコフ犯行の四日後に行われている、ラスコーリニコフの屋根裏部屋は四階であるとか。

川崎　ベローフは四に限らず『罪と罰』の数がもつ象徴性や意味をしらべ尽くしていますね。心理学者のユングは、天才はあり余る力の遊び心で名前や数字に象徴をこめたがるといっていますが、ドストエフスキーも数のもつ寓意や象徴を強調することに快感を覚えていたようですね。彼は青年時代、建築学と設計の仕事をしていましたが、設計というのは建築をひとつの世界観のもとに数と記号で再編する仕事です。

以前ぼくは単純に教会では屍体は三日間は腐食しないとみなしていて、それでラザロの姉妹が「死後四日目」であることを強調し、どんな治癒も不可能であることをイエスに、同時に読者に強調しているのだと考えていました。「死後四日目」だったにもかかわらず、そういう超自然的な悪条件の中でこそイエスの超能力の有効性が際だってくるわけです。その超能力を示すためにこそ、イエスは故意に到着を一日延期した。

中村　死んだと思われる人物が生き返るのだから、小説としてむしろどこかで決壊を起こすという感じがしないでもない。どういう意味かといえば、「エピローグ」の復活の問題と結びついている。復活という点でいえばラザロのほうがなまなましいし、臭いまで漂うでしょう。ラスコーリニコフの精神の復活なんて、もう意味作用の大きさでは比べようがないですよ。復活のもっている強烈なリアリティ、人々の共同幻想のなかでつくりあげていく思いの切実さが違う。

川崎　ぼくもパウロとか偽ディオニュシス・アレオパギテスとかエックハルトとかバルトとかボンヘッファーその他あまたの神学者たちの作品と系譜を眺めるとき、彼らの展開する膨大なエネルギーに驚嘆するのです。その原点の一つにあるのが「永遠」を象徴する復活神話ではないでしょうか？　これは原初時代の民衆の「共同幻想」そのものですよ。イエスという名の人物は何人かいたが、それが一人に象徴されるようになったという説もあります。

中村　もう一つは、ここを読んでいてふしぎに感動するのは、シーンそのものが良いのですよ。だれかのそばにいて自分の切実に感情移入できるある一節を必死の思いで朗読してやっている、その朗読空間にとても感動をおぼえるのです。人間のいろんなコミュニケーションの形態がありますが、なにかの読み聞かせをしているという関係の親和性には独特のものがあります。それは語る者と聴く者との間で、濃密な応答関係があるわけです。ラスコーリニコフの反応と、ソーニャのほうは感極まって途中で詰まったりする。お互いの身体性がむきだしになりながら、そこで成り立っている朗読している場というものに心動くのです。そしてここではラスコーリニコフからすれば「神がかり」という発見があったのです。

センセーション・ノベル

中村　ソーニャの部屋、天井は低いが妙にだだっ広く、いびつな台形をしているあの奇妙な空間で、彼女は「ラザロの復活」を朗読し、ラスコーリニコフから告白をうけ、継母の死をみとり、最後にラスコーリニコフの首に十字架のペンダントをかけ、自首への道にと送りだすという、なにかゴシック的な歪んだ空間でそれらが行われている。

この歪みということでいえば、ドストエフスキーがソーニャをとおして「ラザロの復活」にラスコーリニコフをいささか強引に対応させたことも、関係なくはないですね。歪みとは言い過ぎかもしれませんが、そもそも信じたいということと、信じることとは大違いです。書いているとどこか越境するんですよ。いわば書く行為によって意識がトランス状態になります。でないとても乗り切れない。書くというエネルギーの中でしか現れないリアリティってあるんだと思います。

それはセンセーションの問題として考えられるような気がします。つまり「ラザロの復活」ですら実は宗教的な問題よりは、一種のセンセーション・ノベルの効果として考えられないかと。センセーションというのは、ある異質のもの同士が瞬間的に出逢い、噴出する超越的な感覚、あるいは全く違うものが重なって生ずる意識の飛翔感です。

川崎　センセーション・ノベルですか。そのほうがゴシックより斬新でいい。

中村　センセーションは、他方では崇高感ともいえるだろうし、これはいわば天国と地獄の交錯で火花が散るようなものなんです。最後のほうの話にとびますけど、ソーニャがラスコーリニコフに十字路に行って接吻し懺悔しなさいと言うでしょう。十字路というのがいわば象徴的なセンセーションの現場ですよ。クロスする瞬間と場にセンセーションが起こる。

川崎　そういう交錯する現象を指して中村さんは「ものが存在するようになる」と言いたいのでしょう。本来は見えにくいものが、この瞬間、この場所において顕れる。『罪と罰』ではそれが聖書を「引用」する技法によって生じている。これは一種の移植手術ですから、引用者が内容を十分に咀嚼していないと、引用は失敗して効力を失くしてしまいます。しかも「かつて例のない奇跡」というほどの超現実的で巨大な出来事ですから。

中村　ラザロという骸の持っている生々しさ。それも、かなりドストエフスキーの意識にあったような気がするんです。なまなましく立ちあがってくる身体性です。

バーゼルの美術館でホルバインの『横たわるキリスト像』を見たことがありますが、目が落ちくぼんで、苦痛のはてに、叫びだすこともできずに放心している感じ。当時、この磔刑《たっけい》の後の生々しい死の姿の持つ衝撃というのはすごかっただろうと思います。

あの迫真の身体性がどこかに影響しないはずがない。人生観が変わるくらいでしょう。あのイエスがこんな様で死んだなんてね。この人物のことをどうやって信じたらいいのだろうと人々は思ったはずです。

身体性ということで言いますと、ラスコーリニコフが告白するところも思い出します。話した後、ソーニャの顔に、殺される間際のリザヴェータの顔が重なる。子供のようにおびえて……顔にかぎらず体中で。小説の読み方として、そこに生々しく息をしている人間のちょっとした表情とか仕草とか動きとか、身体の所作をたんねんにたどることが重要なのは、この小説でも同じです。

川崎　キリスト教徒としてはその「真価」が問われる物語です。だから福音書の著者がイエスに次のように言わせているのですね、ラザロの復活の直前に。「私は復活であり、命である。私を信じる者は、たとえ死すとも生き返る……永遠に死ぬことがない」と。信徒である以上この「永生（永遠）」を信じなければならない。

小野　「復活」とか「甦り」というのは宗教的な奇跡だけに結びつくのでしょうか。死者のよみがえり現象はプラトンの『国家』にも実際にあった事実として伝えられていますね。ある父親が戦死した息子の屍体を戦場の安置場から運んできて十日間すぎて火葬しようとしたとき直前に息子が息をふき返す。こんな話がギリシャ時代からあった。季節や風土の相違はあるにしろ、現実に「屍体」と思われたものが甦ることがあると考えられていた。

川崎　ヘレニズム文明の側からのそんな冷静な説明を聞くと「奇蹟」の有難みもだいぶ薄れるというわけですね。しかし「復活したラザロ」はイエスのあとについて歩いて廻ったので、司祭長たちはラザロの暗殺を謀ったほどです。この場合、甦りは死者があっと叫んで起き上がったというような一過性のことではなく、ある程度の持続性を伴っていたのですね。

現代の信者の多くは「ラザロの復活」を精神的な甦りの比喩として受けとっています。ドストエフスキーがラスコーリニコフを通して試みたのも、そのことだったのではないですか。

そんな物語の朗読を、ラスコーリニコフが聴いたあと沈黙をつづけているのですね。「五分、いや、それ以上の時が流れた」とあります。ラスコーリニコフは何を考えていたのか。「五分」の沈黙に隠されている意味は何なのか。この五分は『白痴』の死刑囚が刑の執行前に経験する五分とおなじ長さです。

とはいえ長くとも五分間ぐらいの瞑想でこの超歴史的な神話そのものを咀嚼したり、これにまともに太刀打ちできるはずがありませんね。とても「ラザロの復活」に対抗できるようなまともな考えなどできるはずがない。せいぜい自分のこれからの生活方針をどう立て直すのかという程度で。それだって持てる知恵をすべて出しきらないと。

それでもラスコーリニコフが健気にソーニャに伝えたことを整理すると、こういうことになります。

一、ぼくは肉親を捨て、きっぱり縁を切って、それを君に報告するためにここへきた。

二、ぼくにはもう君しかいない。二人とも一線を踏みこえた呪われた者同士だ。
三、これから二人でどこへ行くか。現代社会の「蟻塚」を打ち壊しに行こう。そして「自由と権力」を闘いとろう。
四、もし明日ぼくが来ないようなら、きみはいろんな話を自分で聞くようになる。そのときいまの言葉を思いだしてほしい。（こんなことを言うのは一方でまだ自殺する気でいるからです。しかし他方で思いがけぬことを伝えますね。）
五、もし明日来ることができたら、だれがリザヴェータを殺したか、きみに言うよ。（つまり自殺しなければリザヴェータ殺しの告白をするということです。）

ルナンの『イエスの生涯』

小野　では「ラザロの復活」をドストエフスキー自身はどう評価したのかという問題はどうでしょう。

川崎　それは十九世紀の知識人、思想家たちがキリスト教をどう見ていたかということでもありますね。これで見逃せないのが、ルナンの『イエスの生涯』とドストエフスキーの関係です。『イエスの生涯』の原題は“LA VIE DE JÉSUS” par Ernest Renan ですが、内容はイエスの生涯を俯瞰していて、他方で彼の生活というべき生の断層写真、つまり生き方の構造が推定されていて面白いです。

エルネスト・ルナンはコレージュ・ドゥ・フランスの教授に就任しますが、一八六二年の最初の講義で、イエス・キリストを「比類なき人間」と発言して物議をかもしたのです。それが原因で退職させられてしまった。

現代ではどうということもない、むしろ「いまさら？」というぐらいの話ですが、ルナンは就任講演でイエスを「神の子」ではなく「人間」扱いして、それが当時は神人キリストに対する畏怖の念の欠如として非難されたのです。しかしルナンも確たる信念をもっていたので、翌年の六三年に『イエスの生涯』を刊行し、これが一躍ルナンの名を世界的なものにしました。大論争が起こって、カトリック教会は『イエスの生涯』を禁書にしますが、文学者のサント＝ブーヴなどは、一方で賛成する神学者をも捲きこんでルナンの『イエスの生涯』を支持しました。

ロシアでも『イエスの生涯』は刊行された一八六三年から七〇年代末までの長い期間、忘れられることなく議論の対象になっていたということです。当然ルナンの名はひろく知られていて、この時期はほぼドストエフスキーが流刑地からペテルブルグに戻った頃から、最晩年までの期間にあたるのですから、ドストエフスキーもルナンに注目しつづけていて七三年の『作家の日記』(「昔の人びと」)でとりあげています。

昔の出来事についての回想ですから、ドストエフスキーの処女作『貧しき人びと』を「発見した」といわれる著名な批評家ながら、まだ若いベリンスキーらが登場しています。ドストエフスキーも交えて話がルナンの『イエスの生涯』に及び、そのときの情景を想い出しながら、ドストエフスキーは『作家の日記』で、ちょっと意外だったのが、ルナンの『イエスの生涯』を「不信仰に満ちた本」と書いているのですね。

流刑地から戻ってまだ十三年目。ドストエフスキーは生涯、監視下にあったので、フランスの宗教界から批判された本に一度はクレームらしきものを付しておくことを通過儀礼と弁えたのではないか、とぼくは思うのですが。というのは、次に紹介する内容はドストエフスキーとルナンのイエス観が違うものではないことを語っているからです。

社会変革への志向が強かったあの時代、唯物論者のベリンスキーですらルナンの『イエスの生涯』に書かれているイエスの「奇跡のような美しさ」を認めざるを得なかったとドストエフスキーは回想し、こうも書いています。

「この本はなんといってもキリストが人間的な美しさの理想であって、未来においてすらくり返されることのない、到達しがたい一つの典型であるとルナンは宣言している」

冷静なルナンは『イエスの生涯』で、古代の信者たちはイエス・キリストが生きている頃からすでに彼が旧約時代の予言者たちの予言に一致することを証拠だてようと努めていたと書いています。またギリシャ時代の科学者グループを例外として、ほとんどの古代人たちが奇跡を信じており、イエスも例外ではなかったと。イエス自身は人間は信仰と祈りをもって自然の法則を変える、つまり奇跡をおこすことができると信じていた。奇跡的な行為は神が正しく人間にあたえてくれた特権だとふつうに考えていたというのです。

ルナンはさらに、これはたいへんに重要な指摘ですが、当時行われた「奇跡」の大半は病気の治癒であり、神経的なもので、現代でいうセラピーとかマインド・コントロールだったことに着眼しています。ルナンがキリストを「比類なき人間」と呼んだように、ドストエフスキーもまたキリストを例を見ぬほど個性的で「美しい人間」としてとらえ、次作の『白痴』で現代ではそうした人物はどう生きることができるか、これもまた一種の実験を行っていますね。

それでも問題は「美しい人間」と称せられる存在の実体ですね。

ドストエフスキーのキリスト観は、実のところルナンの合理的な見方とそれほど変わらなかったとぼくは思います。ドストエフスキーは聖書を読みながら、少なくとも監獄ではイエスの治癒力を信じたのではないか。「ラザロの復活」も含めて、まるきり信じないというのではなく、信じる信じないを保留にしていただけかもしれないが……

V　センナヤ広場へ

二度目のポルフィーリ訪問

小野　さて、またラスコーリニコフに目をむけると、ソーニャ訪問の翌日、午前十一時に予審判事ポルフィーリを警察署に訪ねます。これはポルフィーリからの要請で、二度目の訪問です。呼び出しまでに十分も待たされ、ラスコーリニコフは怪訝に思い、また悩むのです。昨日彼を脅した町人は幽霊だったのか。高ぶった病的な想像力によって生まれた幻想なのか。もしあれが本物だったら、警察は情報を入手し手ぐすねひいて彼を待ち構えているはずだ。なのに職員たちも彼には一顧だにしないのはなぜだろうか。

ラスコーリニコフは、昨日の自分のことを「不安と絶望のどん底にあった」とふり返っています。つまりソーニャと会っていたときも、そんな状態だった。「ラザロの復活」は彼の精神に肯定的に働きかけることはなかったということです。ラスコーリニコフは自分がふるえていることに気づき、それがポルフィーリへの怖れから生じていると知り、彼に憎しみさえをおぼえるのです。決闘にでも出かけるように身構えたちょうどそのとき、入室の呼び出しがあります。

前回はラスコーリニコフが余りに自然な態度を装って高笑いしながら入ってきましたが、こんどはポルフィーリのほうがひどく馴れなれしく親しげに迎えて、ラスコーリニコフにさらなる警戒感をいだかせます。この日はアリョーナ婆さんのところに残されていた質草を受けとるための申請書を提出するのが目的ですから、ポルフィーリが書き込みを一覧すると、あとは二人の会話です。

それは、ラスコーリニコフにいわせれば「訊問」のはじまりです。ポルフィーリが自分の住む官舎のことで何かどうでもいいようなことを話しはじめます。それでラスコーリニコフは先手をとって大胆不敵に切り込みますね。「予審判事のたぐいは最初は遠回しの関係のない話から始めて相手が油断したときに、危ない質問を「脳天に叩きつける」これがいつものやり口でしょう」と。

川崎　こういう思考回路には、やはり要塞監獄で訊問を受けたドストエフスキーの体験が多少は反映していると考えるのも一興ですね。

しかしながら、そういう見方はすでに以前からあったので、ぼくはむしろドストエフスキーの脳内にはアプリオリに対話の構図があって、棋士のように、駒が展開する先の先まで読む能力があり、それを読みながら丁々発止と、しかし慎重に取調官と渡り合ったのではないかと思う。

政治事件で逮捕された二十九歳のドストエフスキーは、じつは将来の予審判事ポルフィーリとラスコーリニコフの対話を先取りしていて、要塞監獄の取調官でさえ拘置者のドストエフスキーを「こいつ、一筋縄ではいかんな! 狡猾な奴だ」と心中でこずる場面があったのでしょう。

その意味ではバフチンが指摘した「作品の複旋律的構造」もドストエフスキーにはアプリオリなもので、これなしには埴谷雄高の言う「観念の連打」も出てこなかったし、ドストエフスキーの思索構造そのものだった。

小野　ポルフィーリはこれを巧みに受けて立ち、「あなたのうまい比喩を使えば、いきなり脳天に一撃を、峰打ちをくわせる、ですか」と老婆殺しをほのめかす。判事はなんの意味もない言葉をまきちらしたり、ふいに謎めいたことを言ってみたり、すぐまたナンセンスな話題に戻ってみたり。運動不足と肥満を解消するために部屋中を歩きまわります。

この場面で特徴的なのは、判事ポルフィーリがラスコーリニコフの突っ込みへの応答として、捜査の「自分の手の内」をさらけだしていることでしょう。ポルフィーリは仮定の話として例をあげながら話すのですが、それが実は自分とラスコーリニコフとの関係を仄めかしているのです。それもかなり露骨に。

例えばこうです。ある男をすぐに逮捕するのは彼に一定の場所と精神的な支えをあたえ、かつ殻の中に逃げて閉じこもらせることになるので判事にはかえって不利である。それで男をしばらく泳がせて、しかも監視されていることを意識し緊張させ、心理的に追いつめていく。人間には神経という馬鹿にできぬものがあるから。あなたはこれをお忘れではないか。こうして男は燈火に吸い寄せられる蛾のようにぐるぐる廻りながら、ついには判事の口のなかに飛びこむ。

これに対して、ラスコーリニコフは過剰に反応します。「これはもう昨日のような猫がネズミをなぶるどころじゃない。いったい何を企んでいるのだ。おれの病的な神経を当てこんでいるのか?」侮辱への怒りと興奮のあまり心臓が高鳴り、唇がかわき、つばきの泡が口元にこびりつく。落ちつくためにポルフィーリから水をすすめられるような体たらくです。

ポルフィーリは、ラスコーリニコフが前々日の夜、犯行現場を訪れて改装中の壁張り職人に妙な質問をしたり、降りてきて門の所で庭番や町人や女に「警察に行こうじゃないか」と絡んだりしたのを知っていて、口にしますね。ラスコーリニコフは状況証拠のシッポを握られているのです。

しかし最後に、予想もしなかった事態がもちあがります。

犯行当日に下の階でペンキ塗りをしていた二人の職人のうちミコライが、いきなり守衛を突きとばしてポルフィーリの部屋にとびこみ、ひざまずいて「自分がやりました」と告白するのです。彼は逃走派《ベグーン》の異教徒なので、この宗旨の犠牲的精神を発揮することを思いついたらしい。

実はポルフィーリ判事は嫌疑をかけられていた職人をラスコーリニコフに会わせて、彼の道義心に訴えるつもりだったのです。あなたのせいで無実の二人が犠牲になっていると。ところが事態が一変した。驚いたのは当のポルフィーリとラスコーリニコフです。この二人の対照的な驚きぶりがまた実によく描かれていますね。

川崎　ラスコーリニコフのラスコールとは、十七世紀に生じた分離派のことでしたね。さらに職人で異教徒ミコライの登場は、作家の単なる思いつきではなく、ロシア民衆の精神圏がロシア正教だけに統括されているのではないこと、ロシアが異教的な要素をはらむ風土であることを事実で以て示したのでしょうね。

小野　ラスコーリニコフはやっとの思いで官舎を出ますが、署の控え室に例の町人や庭番までがいることに気づきます。ポルフィーリは彼らから聞いた情報を握っているのです。段々包囲網がせばめられてくる。ラスコーリニコフは心理的にいよいよ追いつめられざるをえない。最後の砦はそれでも何一つ物的証拠がないという事実と、自分の信念を維持する忍耐心だけです。

追善供養

こうして、いよいよ大詰めが近づきましたね。マルメラードフの葬儀が終り、妻カテリーナによるマルメラードフの追善供養がおこなわれます。費用はラスコーリニコフからもらった二十ルーブリのうちの十ルーブリ、家主のリッペヴェフゼリ夫人への虚栄、他の間借り人に対する優越感、ドストエフスキーはこの「貧者の誇り」という心理を徹底的に書きこんでいます。関係者すべてを狭い芝居空間におしこんで、激しい劇的葛藤の末にそれぞれの本性がむきだしになる。ドストエフスキーの独壇場です。

ルージンは、前日ドゥーニャと母の面前で、ラスコーリニコフに完膚なきまでに偽善と卑劣さを暴露され、婚約も破棄された。翌朝になっても怒りは納まらない。よせばいいのに、小心者の常で、傷つけられた自尊心の回復を画策するうちに、マルメラードフの追善供養のことを思い出した。ルージンは、居候させてもらっているレベジャートニコフをそそのかして、葬式帰りのソーニャを呼びに行かせ、香典十ルーブリを渡して、復讐の計略を練る。

カテリーナは、咳と喀血をものともせず、酒も食べ物も食器も取りそろえ、出席者に当たり散らす。ソーニャは、黄色い鑑札のために、自分を避ける招待客もいるだろうと、不安と肩身の狭い思いがつのります。ラスコーリニコフは、唯一の「教養あるお客」ともちあげられ、ソーニャの横に座る。間借り人や外国人だの素姓のよくわからない人だのが大騒ぎ、収拾がつかなくなったとき、ルージンがレベジャートニコフを連れて尊大な感じで入ってくる。

ルージンは、香典を渡したときに、ソーニャが百ルーブリを盗んで帰ったと告発し、騒然となります。ソーニャのポケットから百ルーブリが出てくるのですが、レベジャートニコフが、ルージンがポケットにつっこんだのを見たと理路整然と証言、ソーニャを辱めようという策略は失敗に終わります。しかし、なぜこんな手の込んだことをやったのか。

ラスコーリニコフは決然と立って、婚約を破棄されたルージンが、卑しい娘ソーニャと通じていると告げ口して自分と肉親の間を裂こうとしたことを暴露します。ルージンは赤恥をかいて退散、狂ったカテリーナは表へ走り出し、会場は喧嘩と歌とどなりあいで大混乱。

そして、苦しみぬいたラスコーリニコフは、堂々と証言したことで気分が転換し、昂奮状態のまま、告白のためにソーニャの部屋を訪ねます。邦訳にして百枚を超える場面は、重苦しく沈んだ物語の結末へ至る極彩色の花道を用意しています。こういう場面を欠いたら、やや単調な思想劇か社会劇になってしまうかなと思いますが。

川崎　このレベジャートニコフというのは、ルージンをしばらく泊めていた左翼青年です。流行の思想にかぶれたうすっぺらな愚物ということになっていますが、これはチェルヌイシェフスキーの『何をなすべきか』への風刺としてのパロディ的な人物なんですね。

ところが、それがソーニャの身になにか悪いことが起こると味方になってくれるのです。この証言もそうですが、カテリーナがおかしくなって路上で物乞いをはじめたときに、早速ソーニャのもとに知らせにきたのも彼です。ドストエフスキーとしては、どんな端役にも独自の役割を演じさせて小説を緻密に構成することを念頭においている。それはドストエフスキー自身が次作の『白痴』で方法論として触れています。

中村　いずれにせよ、シーンの人物総出の生きいきとした動き、活気にあふれた人物描写は見事ですね。葬式という場にさえも生を賦活するような、典型的なカーニバル空間を出現させる。

殺人の告白

川崎　アリョーナ婆さんを殺してからですね。ラスコーリニコフの無意識の状態が極度に強くなり、自分の知らなかった自分と遭遇するようになるのは。自分との驚愕の出遭いです。ソーニャを二度目に訪れてリザヴェータ殺しを告白するときもそうですね。告白する行為は殺人の原点に戻ることでしょう、だから当然ながらその告白の際に経験する内容は殺人のときに経験した感覚とまったく同じなのですね。

　だが、ふしぎなことが起こった。カペルナウーモフのマンションまで来たときに、ラスコーリニコフはとつぜんの無力感と恐怖を感じた。彼は扉の前に立って物思いに沈み、「だれがリザヴェータを殺したか話す必要があるだろうか」という奇妙な疑問をいだいた。疑問が奇妙だったのは、彼がとつぜんに、同時に、話さずには済まないどころか、その瞬間を少しでも先延ばしすることの不可能なのを感じていたからである。なぜ不可能なのか、まだ彼には分からなかった。彼はこれを感じただけだった。必然を前にして自分がいかに

無力かという苦しい認識が、彼を圧倒したということができる。（第五部四章、傍点はドストエフスキー）

だれがリザヴェータを殺したかをソーニャに話すことは、結局、自分の殺人を告白するのですから、これまた運命的な大転換です。無力感と恐怖におそわれる。「この瞬間は、かれの感覚のなかでは、彼が老婆の背後に立ち、すでに斧を輪っかからはずして、もう〈一刻も猶予できない〉と感じたあの瞬間に恐ろしく似通っていた」とあります。

ラスコーリニコフは犯人を「そいつ」という三人称で指しながらソーニャに語り始めるのですね。そして「そいつ」は最初からリザヴェータを殺すつもりはなかった。偶然だったと。

この話をして「また恐ろしい一分がすぎた」とドストエフスキーは書いています。この一分間、ふたりは互いにじっとみつめ合っていたのですが、相手の顔をじっと一分間見る、これは実に長い沈黙ですね。物理的にじっと見ているといったものじゃない。その間ふたりの脳のなかをそれぞれに思案がかけめぐって、ついにこんな言葉がラスコーリニコフから発せられるのです。

「まだ当てられないのかい？」

いいですね、この言葉。読者のほうがぎくりとするじゃありませんか。

ドストエフスキーは、これはラスコーリニコフが「高い鐘楼から飛び降りるような気持で」放った問いだと書いています。なぜならこの問いこそは、判事の前では死ぬような思いで否定したのに、ここで初めて殺人を打ち明けるのですから。他者の記憶に植えこむことで自分もそこから逃れられなくなる。これこそ自縄《じじょう》自縛《じばく》の構造でしょう。

ソーニャは「ええ」と聞きとれないほどの声で答えますが、これはまだにわかにラスコーリニコフの殺人が信じられなかったからです。それで彼は自分の顔を「よく見てごらん」と一種の挑発を行うのですが、そのとたんになじみの感覚が襲ってきて、こんどは彼のほうが凍りつくのですね。ソーニャの顔に二人目の犠牲者リザヴェータが乗り移っているのです。

斧を打ちおろされたときのおびえたリザヴェータの顔と仕草がそっくりそのままソーニャに乗り移る。ここの所、『四谷怪談』のドストエフスキー版ともいえる鬼気迫る情景でしょう。当時、燭台の灯で活字を読んだ時代には、しーんとした夜中、読者の背筋をぞくぞくさせたでしょうね。

ところが、ラスコーリニコフの口から老婆殺しの話を聞いておびえるソーニャの恐怖がこんどは彼に伝わり、怖くなった。ラスコーリニコフがふいに、子どもっぽい微笑まで浮かべて、彼女にいきなりささやくのですね。

「分かったかい？」

この描写の転換の思いがけなさにも驚きましたね。名せりふの一つでしょう。それからあとのソーニャの驚きぶり。「神様、彼女の胸をついて、恐ろしい叫び声がもれた。彼女はへたへたと寝台に倒れ、枕に顔を埋めた。だが次の瞬間、彼女はさっと立ち上がり」といった具合で、まるで人形浄瑠璃を見ているような派手な立ち回りです。

小野　ラスコーリニコフは驚愕している彼女に初めて、自分がなぜアリョーナ婆さんを殺したのか、複数の理由をあげて説明します。親や妹に楽をさせたかった、学費がなかった、こつこつ勉強して役人になっても暮らしは楽ではない、例のナポレオン論とか、権力を得るためとか、「人を殺す権利を持っているかを試す」ためとか。最後には、そんなことはみんな嘘だと自分で自分を否定し、「敢えてやりたいことをやっただけだ」と極論に走りますが、行為そのものが自己目的化したのです。ただ途中でソーニャがとがめる所があります。「人を殺す権利ですって？」と。机上の理論が彼女の素朴な倫理感覚には納得できなかった。

川崎　ラスコーリニコフは起こったことや思っていることをソーニャに洗いざらい打ち明けたにもかかわらず、自首して出る気にはなれないのですね。たとえ裁判になっても確たる証拠がないので、自分は釈放されるだろうとまでソーニャにいう。しかし同時に彼は「これから何をすればいいのか、教えてくれ！」と彼女にとりすがったりして、心情が安定しない。むしろ意識下にあったものが姿を表し、それとの葛藤が始まったといえるのでしょう。

ソーニャの性格

中村　ラスコーリニコフのような知的な青年が「とりすがる」、つまり頼りにするわけだから、ソーニャにもそれに応じるだけの知性が与えられていなければなりません。

小野　教養の面からいえば、父親がソーニャに読ませた本は西洋史とかで、それも全部は読み切っていませんね。しかし、ほんとうの教養というのは、本を読んだりしたことじゃないでしょう。

川崎　ただ彼女の読書はもう少し幅があったはずです。同じ建物に住む若いレベジャートニコフは、彼女が「よく本を借りにきていた」ことを証言しています。ドストエフスキーの「創作ノート」にも「ソーニャは本を読んでいた」とあります。

語り手はソーニャに批判精神があることを認めつつ、彼女の「ある部分」はまだ不十分だと言っていますが、それは逆にこれから成長するソーニャの伸びしろを証明するものです。ソーニャには教育や教養は乏しいけれど、生来の賢さにくわえて、総合的で正しいものの見方というか、見識はあるということですね。

二度目の訪問で、ラスコーリニコフが「すべては社会的境遇にあるのです」みたいな話を始めると、ソーニャが「どうか昨日みたいな話はやめてください！」というでしょう。最初の日の、事故死したはずの父親の後ろ姿を見たというソーニャに「で、あなたは路上に立っていた（客をとるため）わけですね」というぶしつけな質問など、ラスコーリニコフの不注意な、相手を軽くにしか見ていない所がありますね。それに対してソーニャが毅然とした反応を示したのです。彼女の見識をドストエフスキーは示そうとしている。

小野　しかし、ソーニャはちょっと変わった娘ですね。ラスコーリニコフが、ぼくが殺したんだ、どうしたらいいだろうと尋ねると、すぐ「立ちなさい」と言って、ラスコーリニコフの肩をつかみ体を起こさせます。「いますぐ行って十字路に立つんです。最初に、あなたが汚した大地に接吻なさい」と命令する。人間の価値は、いかに苦しんだかによって決まるとも言っていますね。そのあたりは風変わりだけど、成熟した認識をそなえた娘にも思える。

川崎　ソーニャは、人殺しのラスコーリニコフが驚くほどの「神がかり」ぶりを示すのだから、ソーニャが変わった娘であることは事実ですが、他方からいうと、復活神話に彼女がひときわ感動して救済のいわば願掛けをするのも、救済を願う気持が絶望的なほどに強いからでしょう。またロシア人そのものが演劇性の強い民族なので、ソーニャの言動をぼく自身はまた逆に小説なのだからと違和感なく受けとめてきました。その辺の路上にいる人物より、ソーニャの存在のほうがリアルだと思わせるのが作家のマジックなんですね。

面白いことに、世界のどんな研究者でも特別の場合を除き、学術書ですらほとんどが彼女をソーニャと愛称で呼んだり書いたりしています。『カラマーゾフの兄弟』のアリョーシャ（正式にはアレクセイ）と好一対です。彼女の正式名はソーフィアで、「叡智」という意味がありますが、この名をつけたのは、ドストエフスキーがソーニャに全幅の信頼をおいていることの証しです。それで肝心かなめの所でソーニャがそれにふさわしい言動をとっているわけです。

山城むつみは、ソーニャをはじめドストエフスキーの「おとなしい女」たちに共通するのは「刺し貫くような《プロンジーチエリヌイ》（пронзительный）」視線と決意だと指摘していて（『ドストエフスキー』講談社）、なるほどと思いましたが、ひとこと言わせてもらえれば「刺し貫くような《プロンジーチエリヌイ》」という形容詞は、ドストエフスキーがあちこちで使う「限りなく《ベスカネーチヌイ》（безконечный）」とか「永遠に《ヴエーチヌイ》（вечный）」と同じ常套語で、「おとなしい女」系の眼差しにだけに限定されるものでもないんですね。「おとなしい女」ではないはずのラスコーリニコフもこの視線で親友のラズミーヒンをときおり射すくめることがありますから。

ただし殺人シーンの描写で用いられた「ふいに《ヴドウルーク》」と同じように「刺し貫くような《プロンジーチエリヌイ》」も「おとなしい女」系統に収束されて独特の意味を放つようになったと受けとれば納得できるのですが。

苦悩について

川崎　ではドストエフスキーはソーニャになにを託したかというと、それが「苦悩」なのです。『カラマーゾフの兄弟』のドミートリーは「人間とはなんと広大なのだろう！」と言いますが、それは人間がかかえている心の幅の広さや「魂」の深さのことで、どこまで目盛りを付けてよいかわからぬ、人間を測る天秤の一方に「苦悩」があり、他方に、その対極をなすものがある。この両方を深く多くかかえている人間ほど広大で、ドストエフスキーが考えている人間像に近いということになりますね。

『罪と罰』の「創作ノート」にこう記しています。「人間は幸福のために生まれてくるのではない。人間は自分の幸福をかちとるのであり、それも常に苦悩によってである」と。

それから『作家の日記』でもこう書いています。「想うに、ロシア国民のもっとも根本的な精神的欲求は、時と場所をえらばぬ苦悩への渇き尽くすことのない欲求である。（省略）苦悩の流れはロシアの全歴史を一貫している。幸福の中にすら苦悩がある」。少なくともドストエフスキーはそう考えていたし、ここには一半の真実があるように思います。

ソーニャは本来の性格にもよるでしょうけど、黄色の鑑札をもつ娼婦でもあるので、なんとなく気おくれしがちなおとなしい娘ですが、いざというときには相手の目をまともに見据えてたしなめたり、最後には「大地に接吻なさい」とか強い意志を示しますね。十字路に行って大地に接吻する、これは十世紀末にギリシャ正教がキエフ公国に移植される前からロシアにある土着の大地信仰なのです。農民たちが病気を癒すためにしたことを作家がとりあげたのです。

中村　「苦悩」のメッセージはドストエフスキーの場合、ニヒリズムにどう関係しているのでしょうね。

川崎　ドストエフスキー自身がネヴァ川河畔でのラスコーリニコフの心象風景に代表されるような、強烈なニヒリズムの所有者だから、登場人物にもニヒリズムが染みこんでいて、これに震撼され、共鳴する読者もあとをたたないのでしょう。しかしニヒリズムに掻き回されながら、そこを抜けて踏み超える人物たちのエネルギーの噴出に圧倒的な魅力を感じる読者もまた多いと思う。ニヒリズムは立ち止まってしまうのですが、ニヒリストのラスコーリニコフだって、時々立ち止まって自殺の衝動にかられはするが、立ち止まらずひたすら動きまわりますね。

単に身体的な意味だけでなく。そういう意味でもこれは行動の書ですね。

十字架交換

中村　つぎに興味のあるのは十字架ペンダント交換のシーンです。ソーニャが自分の十字架のペンダントをラスコーリニコフに掛けてやり、自分にはリザヴェータとの交換でもらった糸杉の十字架をかけます。この行為は象徴的ですね。リザヴェータとソーニャとラスコーリニコフとの間に連鎖反応が生じる仕組みでしょう。

川崎　十字の形そのものが長らく象徴として扱われてきたのですから、十字架こそ「象徴交換」ですね。ドストエフスキーは早くから象徴の交換に目をつけていたことになる。ソ連時代のことですが、ぼくの知る範囲でもロシア人は物品交換による絆の証しを求めるのが好きでしたね。

中村　あれだけ数字や命名に象徴の寓意をこめた作家ですから。

川崎　ソーニャは、殺されたリザヴェータがラスコーリニコフに対して抱くはずの無念のメッセージを伝える役を果たしています。

ラスコーリニコフは、ソーニャのペンダントを贈与としてもらう代償にお返しをしなければならない。彼はソーニャの十字架ペンダントと等価か、それ以上のプラスアルファを加えて返礼しなければならない。これが古くから行われてきた贈与交換のしきたりなのです。だからソーニャの十字架をもらうということは、リザヴェータへの返礼の儀式にまきこまれることなんです。リザヴェータからは命を奪った、つまり受けとったのだから、それはもう自分の生命を差しだして、生命で返すしかないわけです。自分の行為とその結果を司法の審判にゆだねることですね。つまり警察に自首してでることです。

ソーニャの顔と動作にリザヴェータの面影が乗り移ってラスコーリニコフをぎくりとさせたように、ソーニャからのペンダントには、ラスコーリニコフの犠牲になったリザヴェータの生命が乗り移っている。ソーニャからの十字架は実はリザヴェータの命の象徴なのです。

だからこそソーニャから受けとる寸前にラスコーリニコフはさしのべた手をひっこめますね。「ソーニャ、あとでのほうがいい」といって。交換の意味をラスコーリニコフは直観で感じたのでしょう。ソーニャも同意して「苦しみに行くときにわたしが直接あなたに掛けてあげる」と暗にラスコーリニコフが自首してでることへの期待を仄めかしているのです。

ポルフィーリ、下宿を訪れる

小野　ラスコーリニコフを自首させる上で大きな役割を果たす予審判事のポルフィーリとソーニャに、ラスコーリニコフは三度ずつ会う。そして最後の三度目にポルフィーリはラスコーリニコフの「石棺のような」、「戸棚のような」屋根裏部屋に自分から訪ねてきます。

前回、警察署でポルフィーリが勝ちを収めたと思われた瞬間、そのくらいラスコーリニコフを心理的に追いつめたときに、突然ペンキ職人のミコライが入ってきて「自分がやったのです」と偽りの懺悔を始めたので、状況が一転しました。すべてが白紙に戻ったのですから、今回の訪問で二人は直接なんらかのけりをつけねばならない。

これまでに比べポルフィーリの口調は穏やかになりましたが、内容は厳しい。まもなくそのものずばりのとどめを刺すことになります。

これは空想的で陰鬱な事件、現代的な事件なのです。人間の心が濁り、血が〈浄める〉なんて言い草がはやり、快適こそが人生のすべてだと喧伝される現代の出来事なのです。ここにあるのは机上の空論、理論で苛々させられた神経がある。ここには第一歩への決意が見られますが、それも特別の決意でね、山の上から落下するとか鐘楼から飛び降りるとか、しかし、いざ犯行となるとまるで足が地についていない。背後のドアを締めるのも忘れて殺す、ふたりも殺してしまう、理論に従ってね。殺してしまうが、金を取ることはできず、それでもどうにか取ったものは石の下に隠す。扉がノックされて音をたて、呼び鈴が鳴らされている間、扉の内にいて苦痛に耐える。それだけではまだ足りずに、あとになって、空部屋になった所を半睡状態で訪れてきて、背筋がぞっとするような恐怖を再び味わおうとする……これは病気だとしても、それだけでは済まず、人を殺してしまった。自分のことは正義の人間として尊ぶが、他の人間たちについては軽蔑して、青白い天使のように歩きまわっている。いや、これがミコライでなんかあるものですか。ロジオン・ロマーヌィチ！　ミコライじゃありませんよ！

（第六部二章）

川崎　小説の最初のほうでゾシーモフ医師がミコライをニコライと呼んでいたのは、ミコライがニコライの俗称で、そう呼ぶ習わしもあったからで、作者の誤記ではありません。

ここではこれまでポルフィーリが用いた、親しげに冷やかす「先生《バーチュシカ》！」ではなく、「ロジオン・ロマーヌィチ！」とラスコーリニコフを父称で呼び、つまり相手に敬意をこめ、正面から向き合っていますね。この変貌は「これはミコライじゃありませんよ!」とミコライの犯行を否定する、つまりラスコーリニコフに「あなたの仕業ですよ!」と仄めかしている生真面目な指摘とみごとに釣り合っていますね。

二度目の会見同様、ポルフィーリが自分の手の内をすべてさらけだす戦略は今回も徹底しています。「なぜ私を逮捕しないのです」とラスコーリニコフが問うのに対し、「なんであなたをあそこに入れて落ちつかせる必要があります?」(傍点はドストエフスキー)とあからさまです。

小野　すべてをさらけだしているようで、手の内を見せない所もあります。しかもそれをまた自分で言うのですから、このポルフィーリは相当の戦略家で、ラスコーリニコフは一方的に翻弄されています。ラスコーリニコフはなにかと反論しているようでありながら、実は相手の言ったことを前提にして発言している。「いつぼくを逮捕するつもりです?」とか「ぼくが逃亡したらどうします?」とかね。もちろん、追いつめられながらもポルフィーリを茶化しているわけだけど、二度目の会見のときとは変わって、守勢一方にまわっている感じをうける。

中村　それに身体の動きの面で見ても、跳び上がったり、唇がふるえたり、これはもうかなり不利な態勢ですね。ふたつの立場が交錯し衝突するセンセーショナルな磁場のようです。センセーションのあとには和解が付随し、すでにその兆候が見えてきた。

ポルフィーリが自首するのがいかに有利であるかを説き聞かしたあと、この教唆は無かったことにして、自発的に自首してください、といったときのことです。「ラスコーリニコフは悲しげに口をつぐみ、首をたれた。長いこと考えていたが、そのうち、ようやく薄笑いを浮かべた。だがその笑い方は、もう妙に柔和な、悲しげなものだった」

川崎　ポルフィーリが「今日はあなたを近々拘置することを知らせるためにやってきた」という口実も、かなりラスコーリニコフに対して効き目があったでしょうね。

二つの異界が衝突してセンセーションを起こす、それが和解に至ると中村さんは言いましたが、ポルフィーリの訪問はこの「和解」にぴったりです。ポルフィーリは親身になってラスコーリニコフの将来に気を配り、憂えていますね。まだ若いのだから将来がある。自殺をしないで――ポルフィーリはこれを察知したのです――自首して出るようにと。そして注目すべきはラスコーリニコフに「苦しみは偉大なことですからね」、「苦しみには思想がありますからね」と苦悩を引き受けるように説いていることです。苦悩には「魂」の浄化作用があるというのがドストエフスキーの主張です（『作家の日記』）。

「ここでおじけづくのは恥ずかしいことです。あんな一歩を踏みだした以上、ふんばるべきです。これこそが正しいことです。（省略）あなたにいま必要なのはまさに空気なんですよ」。いうまでもなく「あんな一歩」とは殺人行為のこと、「おじけづく」とは自殺すること、或いは自首を思いとどまることです。自首は勇気を要することですからね。

ラスコーリニコフ自首

小野　そこで、ラスコーリニコフは迷いに迷いますね。三度目のソーニャ訪問のときはもう覚悟して十字架のペンダントを首にかけてもらうつもりで来ながら、まだ迷っているでしょう。それでも結局はソーニャに背中を押されて警察に向かい、センナヤ広場を通ります。センナヤ（干し草）広場というのは節目々々に出てきて、『罪と罰』の展開でけっこう扇の要のような機能を果たしていますね。

川崎　それでぼくもソ連時代でしたが、夕方センナヤ広場に出かけました。すると人影もまばらな静かで清潔な広場に変わっていたので、時の移り変わりと人間の営みのはかなさを感じましたね。それでもそこから離れて運河沿いに歩いていると、白夜の街路樹の向こうにぽつんと人影が現れた。ハッとして「あ、ラスコーリニコフではないか？」と想ったりするのだから、もうセンナヤ広場に立つと、主人公たちの一連の行為の要であるセンナヤという二十世紀末のヴァーチャル（仮想）空間というか、或いはインスタレーション芸術形式――装置のなかに観客もとりこまれて成立する作品——に読者はとりこまれているわけですよ。やっぱり『罪と罰』は「ラザロの復活」に食い破られてはいませんね。現代の神話空間です。

小野　ポルフィーリがラスコーリニコフに、あなたはぼくと違ってまだ若いのだから将来がある、自分を大切にしなさい、「私はもう終わった人間でしてね」、もう老いぼれで先が知れているなどというけど、実際の年齢は三十五歳なんですよ。

川崎　これはポルフィーリ自身がかつて青年時代に政治事件に連座して逮捕された、いま出直しているのだが、監視下で暮らしているし、もうたいした地位にはつけないという意味でしょう。ベローフはもっと具体的に、ポルフィーリが青年時代をニコライ一世の体制下で過ごし、四〇年代に「秘密結社」ペトラシェフスキーの金曜会に出入りした可能性があり、その後彼はなんらかの形で「進歩思想」から離脱して、自分のかつての誤りをラスコーリニコフに見て戒めているのだと言っていますね。

中村　小説的な展開として面白いと思うのはね、一見するとひじょうに無駄に思えるけれど、実はそうではない所ですね。ラスコーリニコフが最後にセンナヤ広場を通るときに、群衆のなかで一人誰かが踊ろうとするけど、何度やっても脇のほうに倒れてしまう。みんなが彼をとりまく。

かれはセンナヤ広場に入って行った。人混みでぶつかりあうのがひどく嫌いだった。それでも人がたくさんいる場所へあえて足を向けた。ひとりで居られるためなら、この世のすべてを投げ出してもいいくらいだったが、ひとりでは一分間ともたないだろうことは自分でも感じていた。人混みのなかでひとり醜態を演じている者がいた。かれはたえず踊ろうとしていたが、いつも脇へ倒れてばかりいた。群衆がかれをとりまいた。ラスコーリニコフは人びとを押しわけて進み、数分間酔いどれを眺めていたが、突然、短くひきちぎったような笑い声をたてた。……結局、かれは自分がどこにいるかも覚えず、そこから離れた。しかし広場の中ほどに行きついたとき、ふいにある衝動にかられた。あるひとつの感触がかれを支配し、全身をつらぬいた。

ラスコーリニコフはとつぜんソーニャの言葉を思いだした。「十字路に出て、みんなにお辞儀をして、大地に接吻するのよ。だって、あなたは彼らの前で罪を犯したのですもの。だから世界中に聞こえるように言うのよ、『私は人殺しです！』って」。これを想いだすと、かれは全身わなわなとふるえはじめた。この日頃、とくにこの数時間、出口のない憂愁と不安がかれをしめつけたので、かれは新しく溢れだす感触に身を委ねた。それは突然、発作のようにかれを襲った。胸のうちに一つの火花が燃え上がり、そして突然、炎となってすべてを包みこんだ。すべてが一度にかれの内部で軟らかくなり、涙があふれでた。立ったまま、かれは地面にどうと倒れた。

かれは広場の真ん中でひざまづき、地面まで頭をさげ、快感と至福を感じながら、この汚れた地面に接吻した。かれは立ち上がると、もう一度お辞儀をした。

「見ろ見ろ、すっかり酔っぱらってやがらあ！」

笑い声がひろがった。

（第六部八章）

この酔っぱらいのシーンですけど、こうした偶発的な場面をふっと入れるのです。いろいろ深読みはできるのだけど、こういう所へきて気分を転換させるなら、別に酔っぱらいでなくともいいわけですが、現実から浮遊したような酩酊状態の人物を挿入することで、奥行きを備えた小説的効果を出しているのですね。

小野　そうして自首するために警察署に入るのだけど、火薬中尉とあだ名されている副署長イリヤ・ペトローヴィチが、よく来たよく来たと歓待するでしょう。それでラスコーリニコフは出鼻をくじかれてしばらく時をすごし、「じゃあまた」なんて感じで扉を押して一度外の中庭に出ますね。ところが中庭の入り口にソーニャが立っていて、厳しい視線で彼の後戻りを押しとどめます。ラスコーリニコフはもはや逃れるすべもなく、ふたたび警察署の厚い扉をあけて、中に入ります。


「あれは、ぼくが……」とラスコーリニコフが言いはじめた。

「水をお飲みなさい」

ラスコーリニコフは片手で水を押しやり、間をおきながら、小さな声で、しかしはっきりと言った。

「あれはぼくがあのとき官吏未亡人の老婆と妹のリザヴェータを斧で殺して金を奪ったのです」

イリヤ・ペトローヴィチは驚いてあっと口をあけた。周囲から人びとが駆けよってきた。

ラスコーリニコフは自分の証言をくりかえした……


（第六部七章）

ここで物語の本体は終りです。余韻の残るラストですね。

VI

「エピローグ」の問題

シベリアへ

小野　いよいよ「エピローグ」、犯行の日から一年半後のシベリアが舞台です。ラスコーリニコフは第二級徒刑囚としてすでに九カ月を過ごしています。判決は予想よりもずっと寛大で、八年の第二級徒刑でした。第一級は無期または十二年以上、第二級は十二年から八年の徒刑のことです。

ソーニャはスヴィドリガイロフの遺した金をもとに、ラスコーリニコフの囚人隊の後を追っていく。ラズミーヒンとドゥーニャは結婚し、ささやかな結婚式ののち、シベリアで新生活をはじめようとしています。母親プリヘーリヤは頭がおかしくなって息子の成功を信じながら死んでしまう。物語はシベリアの大地で大団円をむかえようとしています。

中村　元裁判官、森炎が世界の名作を扱って、実際には、小説に書かれているような罪を犯すと今の日本の刑法では刑期はどのくらいになるのかという本を書いているのですが（『あなたが裁く！「罪と罰」から「1Q84」まで』日本経済新聞出版社）、まちがいなくソーニャは検察側の証人にさせられ、ラスコーリニコフの立場は不利になる。そしてラスコーリニコフは死刑を宣告されるだろうと。

それから「機会の同一性」というものがあって、二人の殺害という問題で、それが被告人の凶悪性によるのか、それとも魔が差して偶発的なものであるかが問題にされて、つまり二人目の殺害動機によっては無期懲役になることもあると言うのです。その場合、仮釈放されるのは三十年後、ラスコーリニコフは五十三歳、ソーニャは五十歳前。この年齢のふたりの出会いを想像すると、ぼくは妙に心動くものがありましたね。

それはさておき、「ラズミーヒンはシベリア移住を固く決意した」と「エピローグ」に書かれていますが、彼のシベリア行きはちょっと不自然に思いました。

川崎　いや、かならずしもご都合主義だけだとはいえない。ドストエフスキーが政治事件に連座し都落ちして「失われた十年」というのは一八五〇年代で、経済、交通、領土意識の下地が拡がっていく時代です。早くからロシア人はラッコの毛皮を追って南下していた。すでに十九世紀の初めには外交官・起業家のレザーノフが幕府に通商をせまり、ゴローヴニン提督が千島列島の観測にきて捉えられ、幽閉されたりしています。『罪と罰』が執筆される少し前の一八六一年には、極東シベリアの軍哨所だったウラジオストックに初めてのロシア人毛皮商が現れ、十年後の七〇年には開発された街の市長になっています。アメリカからも船が訪れています。

南下政策でシベリア鉄道の敷設が必要となり、計画がすでに五〇年代に起こり、六〇年代には敷設の実測が始まっています。それにつづいて敷設工事も。チェーホフの小説『燈火』には敷設現場が描かれています。

それからシベリアに行くと民族の多様性に気づかざるをえません。それでドストエフスキーが首都から千キロも離れたオムスクの監獄と流刑地のセミパラチンスクで過ごしたことにより、ロシアの懐の深さを知って帰ってきた。その背景があって作家は「エピローグ」を書いたのですから、ラズミーヒンがドゥーニャといっしょにシベリアに行って根付こうというときに、あそこは「土壌が豊かだから」と彼自身はっきりと言っていますね。

それはドストエフスキーの一種の理念とも結びついているのです。彼がシベリアから帰ってきて旗揚げした雑誌で、ペトラシェフスキー事件でともに逮捕された親友の詩人アポロン・マイコフのスローガン「土壌主義」をひとまずかかげたこともあり、これをラズミーヒンに言わせているのですよ。

それから「民衆《ナロード》」への回帰という傾向がロシア知識人の間にはあって、それは話が難しくなりますが、要するに彼らの思想とも言えるものです。というのはのちにモスクワ芸術座の演出家ダンチェンコも書いていますが、「われわれも一度はシベリアの監獄に入らねばだめだ」と冗談ではなしに本気で皆が言いあっていたそうで、これは二十世紀初頭の話ですが。

だからラズミーヒンの計画はアメリカの西部開拓ならぬロシアの東部開拓への旗揚げなのです。それにラズミーヒンは「民衆《ナロード》」とうまくやっていけそうなたくましい青年で、将来、地方都市開発の推進者になるでしょう。

ドゥーニャももともとソフィトケート（都会ずれ）されてない娘ですから、『三人姉妹』の三カ国語をあやつる娘たちのように「モスクワへ！　モスクワへ！」と切なく焦がれることもなく、堅実に家庭と生活を築いていくと思いますよ。ドストエフスキーがソーニャの夫となる青年に知力《ラーズム》（разум）にかけてラズミーヒンの名を与えたのは、案外この青年のそうした洞察力にその将来を見ていたからかもしれません。彼がドイツ語に堪能で翻訳業をやっていたこと以外にね。

読者からすれば、ラズミーヒン夫妻が現地で、出獄するラスコーリニコフの受け皿になると聞いて、彼の徹底した友情をほめたくなるし、ラスコーリニコフのためにもほっとして喜ばしく思う所です。陰惨で暗いと思われがちな小説の締めくくりとしては申し分のないバランスではないでしょうか。

中村　ただ「エピローグ」は批評家たちの間であまり評判が芳しくない。ラスコーリニコフの精神の甦りがとってつけたようだとか、論理も文章も展開があらっぽいとか。

川崎　結論をもってくるために、早廻しのフィルムみたいな所がありますが、だからといって、ただ思いつきでくっつけられたのではないようですね。ドストエフスキーの体験がラスコーリニコフに重なっている。

監獄の自由

小野　とくに監獄の描写は『死の家の記録』と重なっているところがあって、それが現実味を与えていますね。

川崎　そうですね。たとえばラスコーリニコフに信心がないといって喰ってかかり、殴りかかろうとする囚人がいましたが、幸い看守がなかに割って入るようなこともあった。そのときラスコーリニコフは無関心で「眉ひとつ動かさなかった」と書かれていますが、これは『死の家の記録』のなかに似た場面があります。

貴族の政治囚は一般囚人たちから嫌われていて、あるときドストエフスキーとポーランド人貴族が腰かけて一緒にいるときに、ガージンという凶悪な囚人が酔っぱらって因縁をふっかけ悪態をつきながら、腰かけているドストエフスキーとポーランド人の頭上に大きな木箱をふりあげた。次の瞬間、誰かが助け船をだして、入り口で「酒が盗まれた」と叫んだので、ガージンは木箱を放り出して走り去った。そのときのドストエフスキーの体験です。『罪と罰』ではラスコーリニコフが「眉ひとつ動かさなかった」と書いてありますが、そこはドストエフスキーが一個人としての誇りを重ねたかった所でしょう。

「誇り」といえば、監獄でラスコーリニコフが恥じたのは剃られた頭や足枷ではなく、彼の「誇り」がひどく傷つけられたというのですね。そう書いてあります。だがこのプライドの正体って何なのだろうとぼくは思った。

他方、安全に生かされていることを前提にして、初めて自意識としてのプライドが発生するのだから、ラスコーリニコフのプライドが傷つけられたのなんだのというのは、まだ余裕のある十九世紀の監獄の話だということになります。「彼の誇りがひどく傷つけられたのだった。

彼が病に倒れたのも、この傷つけられた誇りのためだった」とある。それでは「誇り」というのは『罪と罰』ではラスコーリニコフにとって何だったのか。つまり彼はどういう「誇り」を自分の支えにしているのかということですね。

これは妹のドゥーニャが兄の犯行を知ったあとでの兄妹のやりとりです（第六部七章）。ラスコーリニコフは川で入水自殺しようとも考えたが、それをせず自首して恥辱に耐える覚悟でいる。それは入水が怖いのではなく「自分は強い人間である」という、この意識がプライドに値いするのではなかろうかと彼は考え、妹も「兄さん、それは誇りよ」と後押ししていますね。

プライドという言葉自体が肯定されたり否定されたりする両義性を持っているけど、ドストエフスキーはそこの所を微妙に使い分けているようです。妹との会話ではプライドが彼を支え、監獄ではプライドが逆に彼をだめにした。それはなぜかというと、いくら反省しても自分が悪いことをしたとは思えず、「無意味な判決」に従って、「無意味な時間」を過ごすことが耐えられず、耐えられないことで自分が「強い人間」だと思えなくなったからです。ずいぶん手前勝手な屈折したプライドなので、それは打ち砕かれる必要があったのでしょう。入院とあの悪夢はラスコーリニコフのプライドと彼の主義思想を一掃したのでした。

小野　内村剛介さんは、戦後捕虜としてシベリアの収容所に十一年抑留されていたので、ドストエフスキーの監獄体験についても『生き急ぐ』（講談社学術文庫）で突っこんで書いていますね。

川崎　そうでしたね。あれは小林秀雄や、ひょっとしたら埴谷雄高も念頭において、「日本のインテリたちは」と辛口批評をしています。日本のインテリたちはドストエフスキーの監獄体験をえらく深刻に受けとめているが、ロシア人は、とくにソ連時代には多くの市民が投獄されていたので、彼らにとっては流刑や監獄は日常茶飯事だった。とくにドストエフスキー時代の監獄なんて今からみると別荘生活のようなもんだというのです。この視点が記憶にあったからでしょうね。ぼくがラスコーリニコフの「プライド」に注目したのは。

しかしぼくは内村剛介にこう疑問をぶつけてみました。十九世紀の社会そのものが苛酷な現代に較べれば牧歌的だったのだから、牧歌的な娑婆と牧歌的な監獄との落差そのものは大きく、苛酷な現代社会と苛酷な監獄生活との落差そのものに変わりはない。その落差そのものの衝撃をドストエフスキーもラスコーリニコフももろに受けたのではないか。

しかし、と内村さんはいうのです。十九世紀の監獄では個人の個を認めたが、二十世紀のラーゲリではそんなものは抹消されたと。詩人石原吉郎の『望郷と海』（ちくま学芸文庫）を読んでも同じような感想をいだきましたね。

中村　でも石原吉郎のラーゲリ体験を書いた詩と散文は、まったく別格の魂のふるえと深い思索を促すと私は思いますがね。

小野　日本人抑留者たちは軍隊の捕虜として処遇されたのですね。内村さんの場合はロシア語ができたためスパイ容疑をうけ、二十五年の刑を宣告されました。ロシア人囚人よりひどい扱いを受けたのではないでしょうか？

川崎　しかしロシア人でも「二十五年の刑」はごく普通だったのです。『極北　コルィマ物語』の作家シャラーモフは学生時代に一寸したことで逮捕されて苛酷な生涯をラーゲリで過ごしています。一般市民でさえ慢性的な饑餓と監視状態にあったのだから、囚人たちが満足な生活を送れるはずがありません。シャラーモフは死に瀕しながらも意識が戻ってきたときに唯一あったのは憎悪の感情だと。その次に食料係りへの嫉妬の感情が芽生えた。いちばん最後に湧いてきたのが愛の感情で、それも人間へではなく鳥にだったと。このこと自体がラーゲリの制度を裏側から証言した資料ではないでしょうか。

スターリン時代の人権蹂躙をふり返れば、資料には事欠きません。内村の親友、フランス人で投獄されたジャック・ロッシーの『ラーゲリ註解辞典』（内村剛介ほか訳、恵雅堂出版）とか……ソルジェニーツィンの『収容所群島』（木村浩訳、新潮文庫）はその最たるものですね。

ぼくには体験がないので、深く立ち入る資格はないのでしょうが、娑婆の生活と監獄との落差にドストエフスキーはドストエフスキーなりの衝撃を受けたとだけはいえるでしょう。『死の家の記録』にはそれなりの衝撃が抑制的に表現されているし、抑制的な枠組みのなかに逆に衝撃の重さが吸収されているように思うのです。問題は昔と今の監獄制度のどちらが苛酷かということより、その落差から受けとった側の思考と感性の深さと拡がりですね。これがその後のドストエフスキーにおける作品展開のマグマとなった。

中村　それと平行して逆に泉をめぐり、囚人たちの生きる力を得たという喜び。これはとても印象に残っているのです。興味深いのは自由の身だったときよりも獄中にあって、生の価値に気がついたということ。「だがかれら囚人たちにとっては、ただ一条の太陽の光、うっそうたる森、どことも知れぬ奥まった場所に湧きでる冷たい泉が、あれほどに大きな意味をもちうるではないか」と。

小野　最初、ラスコーリニコフ自身は無関心というニヒリズムのために何も感じない。泉に感動する他の囚人と同じ感触をもつのはさらに後になるでしょう。

そのためにこそラスコーリニコフの入院はひとつの契機として必要なのですね。主人公の入院と微妙な心の動きは、キリストの復活を祝う復活祭に重なっている。しかしこの病院でラスコーリニコフは奇妙な悪夢を見る。

ラスコーリニコフの悪夢

中村　鳥インフルエンザや口蹄疫みたいななにか恐ろしい蔓延病ですね。しかも予告的で黙示録的なメッセージがある。

小野　十九世紀ロシアにもインフルエンザの大流行が何度か起っていますね。それからラスコーリニコフの悪夢には「ヨハネの黙示録」が下敷きになっているということです。

ラスコーリニコフは病中こんな悪夢を見た。全世界がアジアの奥からヨーロッパに向けて押し寄せる、なにか恐ろしい前代未聞の疫病の犠牲になる定めとなった。ごくわずかの選ばれた人びとを除いて、すべての人間たちは破滅しなければならなかった。人びとの体内に住みつく顕微鏡的なサイズのなにか新しい繊毛虫が発生した。しかしこの生物体は知恵と意志を与えられた精霊だった。これを受けいれた人間たちは直ちに狂暴になり気が狂ってしまった。しかしこれまで人間は、この感染者ほど自分を聡明で揺るぎない真理を有する者とうぬぼれたことはなかった。かれらほど自分たちの宣告、自分たちの学問的結論、自分たちの倫理的確信と信仰より確固たるものはないとうぬぼれた者は未だに、いなかった。部落という部落、都市という都市、すべての民族がそれに感染して発狂した。すべての人びとが不安におちいり、お互いに信頼できず、自分の中にだけ真理はあると考え、（省略）何を善とするか何を悪とするかも分からなかった。まったく無意味な憎悪にかられて殺し合った。（省略）兵士たちは集められたがまだ行軍の途中で、互いに襲いかかり、斬りあい、食いあった。（省略）街々では一日中警鐘が乱打されたが、みなが集められたが、なんのためなのか誰も知らず、ただ不安になるばかりだった。（省略）火災が起こり、飢饉が始まった。すべての物も人も滅んでしまった。

（「エピローグ」二章）

川崎　ドストエフスキーは『ペテルブルグ年代記』（一八四七年）で「インフルエンザと熱病は現代ペテルブルグの焦点である」と書いていて、特効薬のない時代に市民たちの多くが鼻風邪やインフルや熱病を患っていた様子に触れています。しかしここに引用されているのは「前代未聞の疫病」ですから……。

小野　この世の終末と新世紀の到来ですね。

中村　ベローフは悪夢の内容について、「マタイの福音書」や「ヨハネの黙示録」を参考にしたと指摘しています。弟子たちの問いに答えたキリストの言葉が一部用いられているそうです。それからさらに蔓延した病原菌は「個人主義」だとキルポーチンの説を援用している。

川崎　疫病による混乱と紛争が起こる。病原菌は個人主義だという解釈ですね。しかもアジアの奥からヨーロッパに向けて押し寄せるという。それはドストエフスキーの念頭におそらく黄禍論があったからではないでしょうか。モンゴール帝国に二世紀半余も支配されたロシアならではの、東方からの「蛮族」の来襲に対する脅威論です。ドストエフスキーがその講義を聴いた若い哲学者、ソロビヨフもあからさまな黄禍論者でした。しかし「蛮族」が近代の個人主義をもちこんだというのも矛盾する話ではありませんか。

小野　ラスコーリニコフの悪夢には複数の因子が融合しているとしても、黄禍論は仄めかされている程度ですね。「黙示録」は抑圧された民族の鬱憤と、救世主への待望、主による制裁を予言する書ですから、過渡期に生じる混乱としてはラスコーリニコフの悪夢と似ていますね。

川崎　個人主義といえば、ドストエフスキーが「ペトラシェフスキーの会」で熱中したマクス・シュティルネルの『唯一者とその所有』ですね。シュティルネルは「私は自由も平等も望まない。私はただ世界に対する私の力を望むのであり、世界を所有し享受することを望む」と。国家、権力、宗教からも自由で、徹底的な個人主義なのです。そのような主張に対し『地下室の手記』の「私」も強く共鳴しています。しかし「私」の個人主義的自由論は、当時優勢だった社会主義思想への反動として出てきた事実も見逃せません。

ベローフが蔓延した病原菌のことを「個人主義」だと割り切っているのは、彼がソ連共産主義体制下で暮らしている研究者として、混乱の原因を「社会主義」とするわけには行かなかったからでしょう。それは自国のソ連邦が個人の突出した才能や自由を冷遇する社会主義国であり、ベローフの『『罪と罰』注解』がまさにそのソ連の中高校教員向けの教材ガイドブックとして書かれていたからです。

悪夢に出てくる、自己の判断や倫理基準がいちばん正しいと主張する集団とは、一般的にいえば多元主義を認めない宗教セクトか、その対極にある社会主義的独裁国家でしょう。これだけの社会背景があるのに、悪夢の疫病の病原菌をただの「個人主義」に限定するのはもったいないじゃありませんか。ラスコーリニコフの悪夢はもっと複雑です。

ポルフィーリがラスコーリニコフを追い詰めるキーワードに「新しきエルサレム」や「復活」があって、それらは社会主義とキリスト教の両義性をはらんでいました。それはむしろ当時の社会現象で、知的世論がそういうふうに見ていたのです。社会主義なるシステムが唱えられているが、それはキリスト教の延長にあるものではないかと。『カラマーゾフの兄弟』のイワンの劇作「大審問官」伝説のように、作家はラスコーリニコフの悪夢でその両極端を暗示するつもりでいたのかもしれませんよ。ラスコーリニコフ自身が両者をかかえていたのですから。いや、彼はソーニャから「ラザロの復活」を聞かされたときだって、「復活」を裏返しに聞いていたのかもしれない。その証拠にラザロの甦りを興奮して伝えたソーニャに、こともあろうに、こう言うではありませんか。「これから政治権力を奪取して蟻塚を支配しに行こう」などと。

新しい人間

中村　それからさらにこう書かれていますね。「疫病はますます強まり、ますます広まっていった。全世界でこの災難を免れられるのは、新しい人間の種族と新しい生活をはじめ、大地を一新して浄化する使命を帯びた、数人の純潔な（ピュアーな）選ばれた人たちだけだったが、だれひとり、どこにもこの人たちを見かけたものはなく、かれらの言葉や声を聞いたものものなかった」

小野　ソーニャはこの選ばれた者のなかにふくまれていないだろうか。

中村　彼女はシベリアまでラスコーリニコフのあとを追ってきて、無私の愛を注いでいるでしょう。ピュアーな人間のうちにソーニャもふくまれるのではないですか。ラスコーリニコフのなかの幻覚を昇華していくような形で、彼女の存在が復活の暁とともに浄化されるとは考え過ぎですかね。

川崎　ここでは「誰にもまだ姿を見せず、言葉を聞いた者もいない」とあるので、すでに姿を見せている彼女はどうでしょうね。ソーニャがこの歴史的な舞台に上がってきて、ジャンヌ・ダルクみたいになんらかの役割を果たすとはね。集会があったり、軍隊が登場したり、警鐘が乱打されたり、殺戮しあったり、社会のタガがはずされ砕かれ、いかにソーニャとはいえ、この歴史的大役は難しい。

中村　たしかに大きすぎるくらいですね。

川崎　黙示録的な壮大な規模なんです。

この悪夢の後半にはすでにラスコーリニコフの反省が無意識のうちにこめられていて、これが彼を一歩前に押しやった。しかも「この熱に浮かされた悪夢の印象がながい間消え去らないのに悩まされた」とあるのは、悪夢の役割の大きさを作家が強調したかったのでしょう。それから先ほどの、「大地を一新して浄化する使命を帯びた」人間というのは、むしろ次作の『白痴』のムイシュキンに重なっていくのではないでしょうか。

そして、ラスコーリニコフは何気なく覗いた病室の窓から、門のそばに立っているソーニャを見て、「何かがかれの心を刺し貫いた」のですから、これが回生へのジャンプであることは明らかです。

小野　ここですね。「ある日の夕暮近く、もうほとんど回復したラスコーリニコフはまどろんでいた。目がさめて、なんの気もなく窓辺に行ってみると、ふと、遠い病院の門のあたりにソーニャの姿を見かけた。彼女はそこにたたずんで、何かを待っているふうだった。その瞬間、何かが彼の心を刺しつらぬいたように思えた」。このあと、彼は退院したが、今度はソーニャが病気で外出できなくなっていた。

ソーニャという娘の人格は、ラスコーリニコフが父親マルメラードフの言葉から思いついた妄想の産物でしょう。それが実物に会ってその思いが高まってくる。面白いのは、ソーニャの方もラスコーリニコフの妄想に合うように自分をつくっていくところです。そこに宗教が介在するわけで、もちろんそれが恋愛ということではあるのでしょうが。

川崎　なるほど。ラスコーリニコフの視線に沿ってソーニャも自分を創っていく。それは言えますね。「エピローグ」ではソーニャは聖書を持ち出さないし、ラスコーリニコフもソーニャへの愛を彼女に合わせた、しかも自分の言葉で語りはじめる。

中村　無私の愛などもそうですかね。私を含め、たいていの人間が一生使えそうもない言葉ですが、とにかく「無私」なんですね。だから当然、世俗レベルでの彼女の「自我」への肉付けが一見足りないように見えるんでしょうね。

小野　その直後二人ははじめて愛し合っていることを意識する。その感動のなかで、「思弁の代りに生活が登場した」という一節がでてきて、終りになる。どうですか、終りとしては。

中村　『罪と罰』が落ちつく形としては、必ずしも強引とは思いませんが、あまりにも終り的終わりですね。

小野　「思弁」とはなにを指しているのでしょう。

川崎　それはロシア語では英語の dialectics「弁証法」に相当する外来語です。ウシャコフ露々辞典（一九三五年）で見ると диалектика（ヂィアレークチカ）は第一に「哲学用語」とあって詳しく説明されています。弁証法は旧ソ連時代の唯物論哲学で用いられた重要な術語です。辞典では第二の意味は「弁論術」とありますね。ドストエフスキーは диалектика を第二の「弁論術」の意味でとりあげたのでしょう。同時に彼は「弁論術」を理屈をこねる観念の遊戯として否定的に用いていますね。日本語の訳語としては「観念的」でいいのではないでしょうか。

小野　亀山訳では「観念にかわって生命が訪れてきた」と訳されています。ややもすれば頭でっかちになりがちな知識人が、そうではなく現実に足をつけてという意味ですね。

川崎　そう、ロシア語の жизнь（ジーズニ）は英語の life と同じく生命と生活の二つの意味がありますから、どちらかを選べといわれれば、ここはやはり現実としての「生活」ではないでしょうか。ラスコーリニコフはこれまで生活レベルの出来事に対してニヒルで拒絶的だったのに、この時点とこの場所で足が地につきはじめたのです。それはドストエフスキーが強調し、ラズミーヒンが口にするシベリアの「土壌」の豊かな場所なのですね。ですからぼくなら「観念に代わって生活が訪れてきた」としますね。それに「観念」の対義語は「生命」ではなく「生活」ではないでしょうか。

複数のエピローグ

中村　『罪と罰』の「創作ノート」を読んでみると、「エピローグ」について複数の案があって、作家が迷った所があるようですね。ひとつはラスコーリニコフがピストル自殺をする。それからスヴィドリガイロフに言われてアメリカに行ってしまう。またスヴィドリガイロフが彼にピストル自殺をしろとそそのかすのですね。「あなたの道は一つです。自首かピストル自殺か」と。

ドストエフスキーが、もし本気で自殺させるつもりでいたのなら、人物像の描き方から異なった形をとらざるをえないでしょうし、それはそれで別の小説が成立するでしょうけど。

小野　「エピローグ」の前の章で、ラスコーリニコフはソーニャに自首をうながされて警察署に行きますね。仮にここで小説が終わっていたら、自分の殺人が完遂されなかったことだけを後悔する、決断力のない人物の物語になって、読者に暗い印象を与えたかもしれない。ドストエフスキーのことだから、「エピローグ」なしでも、なんらかの心理的決着をラスコーリニコフにつけさせることはできたかもしれませんが。それにしても、ドストエフスキーが現在「創作ノート」に残されているヴァリアントを使用せず、現在のぼくらが読んでいるテキストに落ちついたことには、どんな意味があるでしょうね。

川崎　一八六〇年代から七〇年代にかけて、明治初期の前後ですね、ロシアからアメリカへの移住人口も増えていたので、ドストエフスキーもそこに注目していて、黒人の奴隷制度についても記事として扱っていました。一方でアメリカを新開拓地として見ていた。両方の事実が目の前にあった。

ただラスコーリニコフがアメリカへ行くことになると、シベリアの曠野やイルティシ川や囚人生活や、アブラハム時代の天幕とか、囚人に愛されるソーニャの献身とか、ラスコーリニコフが更生するための現実味のある条件としての環境空間が喪失してしまいますね。
結果論ですが、現在のテキストが一番ではないでしょうか。

小野　ラスコーリニコフが退院するころ、ソーニャが軽い風邪で寝込んだのですが、彼がはじめて彼女の容態を心配しますね。返事をもらってラスコーリニコフの心臓が高鳴ったとあります。急に気持ちが変わって回生の物語のテンポが上がる。

川崎　とにかくラスコーリニコフを光の当たる場所にまで押しださないと、救済を前提とする小説として完了しない。この小説は一人の人物のなかに一言でいえば「善と悪」を相乗りさせ闘わせているので、最後は善に勝たせて主人公を救済するというのが、ドストエフスキーがカトコフ編集長に約束した文面でしたからね。善と悪とはいえ複合的なイデアを内包した青年がどういう位置を得るのか、それは人間の倫理とはなにかという実験小説の成功不成功にもかかわっているわけだし。そこでイルティシ川のシーンが……

小野　イルティシ川は囚人ドストエフスキーに特別の印象をあたえていたので、『死の家の記録』では自身の体験として次のように書かれています。

私が煉瓦運びを好んだのは、健康によかっただけでなく、この作業がイルティシの川岸で行われたからだ。私がしばしばこの川岸についてふれるのは、ただそこからのみ神の世界が見通せたからである。澄んだ明るい遠方に無人の自由な曠野が荒涼としてひろがり、それが私にいわく言いがたい印象をあたえた。（省略）河岸に立てば恨み辛みのすべてを忘れることができた。囚人が監獄の窓から自由な世界をおしはかるように、私は岸辺に立って、この果てしない、ぼうようとした空間を眺めた。私にとってそこにあるのは貴く親身なものだった。どこまでも青い空に鮮やかに燃える太陽も、キルギスの対岸から運ばれてくる遠くのかれらの歌声も。長い間じっと目をこらしていると、放牧民らしく貧しい、煤煙で黒ずんだ天幕がやっと見分けられた。天幕から小さな煙が立ちのぼり、キルギス女が忙しげに二匹の山羊の世話をしている。すべては貧しく粗野だが、しかし自由がある。青く透きとおった空中で一羽の鳥がいつまでも飛んでいるのが眺められ、その後を追っていくと、さっと水面をかすめて、青空に消えた。かと思うと、またちらちらする一点となってあらわれる。早春のある日、川岸の岩場の裂け目に見つけた、弱々しい一輪の花ですら、痛ましげに私の注意を惹いた。

（『死の家の記録』第二部五章）

川崎　これはドストエフスキーが自分の体験を書いたものですね。ここでいう神の世界、ロシア語のボージイ・ミール（божий мир）とは、文字どおり神の国であり、ロシア語聖書でもしばしば出会う単語ですが、同時に、神によって造られた世界、つまりわれわれが住んでいる現実の世界をも意味します。『死の家の記録』では世間から遮断された囚人ドストエフスキーが外の世界を見て、それを表現する言葉として使ったのですが、人間の掌中に収まらぬ広々とした、しかも「神」が創り「神」が宿り人間も暮らす情景を表すにはぴったりじゃないでしょうか。少なくとも「神」に対する畏敬の念と、人の群に対する親しみの念が共存していますね。

小野　それは『罪と罰』のラスコーリニコフの経験とくらべるとどうなりますかね。

川崎　比較してみましょう。『罪と罰』の情景は『死の家の記録』の川の景色と同じようでいて、明らかに異なるモチーフが登場しています。『記録』では「神の世界」だったのが、『罪と罰』では「アブラハムとその羊の群の時代」というふうに具象化され、それがそのまま時間を止めて、遠く対岸の向こうに存在するように眺められる。

その日もよく晴れ、暖かだった。早朝の六時にラスコーリニコフは川岸の仕事場に向かった。そこの小屋に雪花石膏を焼く竈があり、石膏を砕くのが仕事だった。三人の囚人が連れて行かれた。ひとりは監視兵に伴われて監獄になにかの道具をとりに出かけた。もうひとりは薪を用意して竈の中に置きはじめた。ラスコーリニコフは小屋を出て川岸にもっとも近い場所に行き、小屋の脇に積まれている丸太に腰をおろして、荒涼とした広い川を眺めはじめた。高い岸辺からは広々とした眺望が開けていた。遠い対岸からはかすかな歌声が流れてきた。陽をいっぱいに浴びた対岸の曠野ではやっと気づかれるほどの遊牧民の天幕が点々と黒ずんでいた。向こうには自由があり、こちらとはまったくちがった人びとが暮らしていた。あちらでは時間そのものが立ち止まり、いまだにアブラハムとその率いる群の時代が過ぎ去っていないかのようだった。ラスコーリニコフはすわったまま動かずじっと眺めていた。かれの思いは夢想と瞑想へと移った。かれは何も考えなかったが、そこはかとない憂愁がかれの心をかきたて悩ませた。

（「エピローグ」二章）

この旧約聖書の時代には神との媒介者であるイエス・キリストはもちろん未だ生まれていません。それで当時の人びとはキリストを媒体とせず、より直接に「神」とのコミュニケーションをとることができた。つまりラスコーリニコフは自身にふさわしい、というのは聖書もろくに読んでいなければ教会にも通っていないのですから、ひじょうに原初的でシンプルな形の自然という「神」と対面させられるのです。

さらにいえば「アブラハム」という一神教的な対象は作家が設定したもので、ラスコーリニコフ自身は作家の目を借りて、それを通してシベリアの自然そのものに対面していたのです。それは文章を読めばわかりますね。作家の視線にラスコーリニコフの視線が融合して出来上がった文章です。

ドストエフスキーの風景

中村　「エピローグ」で興味深い点は、前に度々出てきたイメージの回収がうまくなされていることですね。たとえば川の風景です。川岸にたたずむラスコーリニコフの場合、必ずなにかが起こるのです。川を眺めて認識が変わったり悩んだり、ネヴァ川の所だってそうでしたからね。ここでも川のセンセーショナルな位相《トポロジー》を感じるのです。何か越境的な場の出現です。視覚を通して意識も越境してしまう。十字路でひざまづき接吻するときも、殺す瞬間もそうなんです。川岸というのはそういうセンセーショナルな場所とも言えます。イメージ的な構造はネヴァ川のときから一貫しているものがあります。そう考えれば「エピローグ」は取ってつけたという感じはしません。

小野　このイルティシ川の光景の直後ですね、作業の現場を訪れたソーニャがラスコーリニコフと並んで坐るのは。「彼女はにこやかに、はればれと彼にほほえみかけたが、いつものくせで、手はおずおずと差しのべた」とありますが、ソーニャの心情と彼との距離感をよく表していますね。

それがどんなふうに起こったのかラスコーリニコフには分からなかったが、しかし何かがかれを掴まえて彼女の足元に身を投げかけさせた。かれは涙を流して彼女の膝を抱いた。最初彼女はひどく驚き、顔色が死人のように青ざめた。彼女は飛びあがるようにして立つと、ふるえながらかれを見た。しかし直ちに、一瞬のうちに彼女はすべての事情をのみこんだ。彼女の目はいいようもない幸福をあらわしていた。かれが彼女を愛している、心底愛していることに疑いはなかった。その瞬間がついに訪れたのだ。

二人は口を開こうとしたが、できなかった。涙が二人の目に浮かんでいた。二人とも青白くやせていた。しかしこの病んだ青白い顔には、新しい生活に向けての一新された未来の全き復活の兆しが輝いていた。二人を復活させたのは愛だった。お互いの胸のうちに、もうひとりの胸中の尽きることなき生の泉が秘められていたのだ。

（「エピローグ」二章）

川崎　「そこには愛があった」とか「二人を復活させたのは愛だった」とかいわれると、非キリスト教徒のぼくとしては違和感をおぼえざるをえないのですが……

小野　この「愛」については、古来ドストエフスキーの甘さか、思想家としての未熟を嘲笑するのが常道みたいですね。しかし、殺人犯と娼婦という最底辺の二人が、それぞれ屈折した思考と窮屈な信仰から解放されて、残りの七年の刑期をシベリアの大地に耐えていく……人を殺したこともないし、自殺まで思いつめた経験もない、信仰ももたないから、ぼくは物語として読んで、「愛」なんかにひっかからなかった。

中村　最後の文章ですけど、いかにも長編小説の終わりらしいエンディングですね。

しかしここにはすでに新しい物語がはじまっている。それは徐々に更生する人間の物語、徐々に生まれ変わる人間の物語、ひとつの世界からもう一つの世界へ移行する人間の物語、今日まで全く知られなかった新しい出来事を知る物語である。これは新しい作品の主題になりうるかもしれないが、しかし今のわれわれの物語は、これで終わった。

（「エピローグ」二章）

川崎　「新しく生まれ変わる人間」の物語は将来にもちこされるわけですね。

作家は「罰」をあたえる基準として、「人間の本性」や「必然の法則」に逆らうことをあげていますね。しかしそんなアイテムを一番信じていなかったのはドストエフスキー自身ではなかったでしょうか。「人間の本性」なんて永続的なものではない。スヴィドリガイロフがいうように「永遠とは風呂場の蜘蛛の巣」程度のものだと。ドストエフスキーは『手帖より』にこうメモしていますよ。

普遍的ジンテーゼ（総合）がどこにあるのか……われわれは知らない。われわれが知っているのはただ、（人間の）本性の一特徴のみであり、この生物はおそらく人間とも呼べないものだろう。つまり、われわれがいかなる生物になるかについて、われわれは概念さえ持っていないのだ。（「一八六三年四月一六日」『ドストエフスキー全集』二七巻三二三頁、新潮社）

つまり人類が未来に向けてどんなものに変わっていくのかは分からない。だから十九世紀後半において、ドストエフスキーはあたえられた暫定的な生の「人間の本性」とは何かを問いながら、小説で実験し、言語芸術化しているのです。

中村　小説の方法を更新した小説のひとつであることは確かですね。更新という意味でいえば、セルバンテスの『ドン・キホーテ』から始まって、ゴーゴリも入るでしょうし、二十世紀に入ってモダニズムの小説もそうでしょう。ラスコーリニコフが十字路に出て大地に接吻をするという例の場面になぞらえれば、『罪と罰』という作品そのものがすべての小説を考える際の十字路にあると言えるかもしれません。以前の作品を考えるときも現代のそれを考えるときも、その基点に置かれる作品です。その交差するホットな地点、さまざまなものがクロスするコンタクト・ゾーンから、さまざまな方位を持った言葉が引き出されてくるのだと思います。

小野　最初に読んだのが米川正夫訳でしたが、「七年、たった七年！　こうした幸福の初めのあいだ、彼らはどうかした瞬間に、この七年を七日と見なすほどの心もちになった。彼は、この新生活が無報酬でえられたのではなく、まだまだ高い価を払ってそれを買いとらねばならぬ、そのためには、ゆくゆく偉大な苦行で支払いをせねばならぬ、ということさえ考えないほどだった」としめくくられている。「七年、たった七年！」というところにきて、やっと大長編を読みおえた、「世界文学」を理解したんだと感動したことを憶えています。高校時代ですね。こんどこうして読んでみると、若いときの感じ方とは違って、ドストエフスキーはさらに奥が深い、ほんとうに面白いと思いました。

川崎　『罪と罰』を読み終えるに際して、「エピローグ」でラスコーリニコフ再生の兆しも見え、一応終止符は打たれたようですね。ぼくが感服したのはラスコーリニコフがソーニャの「愛」に応える、その応え方です。

彼はソーニャがまた宗教の話をしたり、本を押しつけたりするのではないかと訝っていたが、彼女にそんな気配は全くなかった。病気になる少し前にむしろ彼自身がソーニャに頼んで聖書を持ってこさせ、彼女は「黙って」持ってきたというのです。ところが「今日まで彼はそれを開いて見ようともしなかった」。そして「ただ一つの考え」だけが閃いた。それは、

いまや、彼女の確信が自分の確信になっていいはずではないのか？　少なくとも彼女の感情、彼女の願望は……

（「エピローグ」二章）

作者はここで慎重に、あえて信仰《ヴェーラ》（вера）＝faith といわず、確信《ウベジジェーニエ》（убеждение）＝conviction という単語を選んでいますね。英語の faith と同じくヴェーラには信仰と信念の二つ

の意味が含まれているので、これをラスコーリニコフに使うほうが、彼とキリスト教の接近を暗示して、この小説の意図に沿うのかなと思うのですが、そうは敢えて成されていない。

あからさまに表現することを意図的に避けているのでしょう。二つの単語の間には、そう推測させるような幅と揺れがありますね。それにウベジジェーニエには説得という意味もあるのです。ソーニャの説得ね。神からの愛《アガペー》とか神への愛《エロース》という宗教用語を持ってこずに、作者はもっと日常レベルの「感情」とか「願望」を軸に、ラスコーリニコフに自分の愛をのべさせています。この新鮮な愛への視点と表現に注目して、ぼくはドストエフスキーはラスコーリニコフを一キリスト教教会の信徒ではなく、もっと幅ひろい人間として解放する意図を秘めているのではないのかと思います。

そしてドストエフスキーは「これまで知ることのなかった新しい現実を知る人間の物語」が新しい作品の主題になると予告しているのですから、そこにはどうしても『白痴』という実験小説が結びつかざるを得ません。

中村　そこに私たちの新たな関心の方位があるということですね。

『罪と罰』主要登場人物

【ラスコーリニコフの家族】

ラスコーリニコフ（ロジオン・ロマーノヴィチ・ラスコーリニコフ）…………ロージャは愛称。ペテルブルグの貧しい大学生、二十三歳。

ドゥーニャ（アヴドーチヤ・ロマーノヴナ・ラスコーリニコワ）…………ドゥーニャ、ドゥーネチカは愛称。ラスコーリニコフの妹。二十一歳。

プリヘーリヤ・アレクサンドロヴナ・ラスコーリニコワ…………ラスコーリニコフの母。四十三歳。

【ラスコーリニコフの周辺人物】

ラズミーヒン（ドミートリイ・プロコーフィチ・ヴラズミーヒン）…………ラズミーヒンは愛称。ラスコーリニコフの学友。

ゾシーモフ…………ラズミーヒンの友人の医者。

プラスコーヴィヤ・パーヴロヴナ・ザルニツィナ……………パーシェンカは愛称。ラスコーリニコフが間借りしている下宿の主婦。

ナスターシヤ…………ラスコーリニコフの面倒を見ている下宿の女中。

【ソーニャの家族】

マルメラードフ（セミョーン・ザハールィチ・マルメラードフ）…………五十すぎの酔いどれの退職官吏。

ソーニャ（ソーフィア・セミョーノヴナ・マルメラードワ）…………ソーニャ、ソーネチカは愛称。十七、八歳くらいの、マルメラードフの娘。

カテリーナ・イワーノヴナ・マルメラードワ…………カーチャは愛称。マルメラードフの後妻。

ポーレチカ、レーニャ、コーリャ…………いずれも愛称。ソーニャの腹違いの幼い妹と弟たち。

【ソーニャの周辺人物】

リッペヴェフゼリ夫人（アマリヤ・イワーノヴナ・リッペヴェフゼリ）…………マルメラードフ一家が間借りしている下宿の主婦。

カペルナウーモフ…………ソーニャが一人で間借りしている下宿の主人。

ルージン（ピョートル・ペトローヴィチ・ルージン）…………ドゥーニャの婚約者で弁護士。四十五歳。

レベジャートニコフ（アンドレイ・セミョーノヴィチ・レベジャートニコフ）…………ルージンの友人。進歩思想を奉じる青年。

【スヴィドリガイロフ】

スヴィドリガイロフ（アルカージイ・イワーノヴィチ・スヴィドリガイロフ）……………五十すぎの地方の地主。

ドゥーニャが住みこみで家庭教師をしていた屋敷の主人。

マルファ・ペトローヴナ・スヴィドリガイロワ…………スヴィドリガイロフの妻。

【老婆殺害事件】

ポルフィーリ・ペトローヴィチ…………老婆殺害事件を担当する予審判事。三十五歳。

イリヤ・ペトローヴィチ…………警察署の副所長で、別名火薬中尉。

アリョーナ・イワーノヴナ…………六十すぎの金貸しの老婆。

リザヴェータ…………リーザは愛称。三十五歳になる、アリョーナの妹。ソーニャの友人。

『罪と罰』邦訳一覧

＊ 邦訳は刊行年順に並べ、参考までに、『罪と罰』冒頭部の訳文を付した。引用にあたっては、現在比較的入手しやすい版から採録した。

内田魯庵訳（一八九二、三、内田老鶴圃）

七月上旬或蒸暑き晩方の事、S……「ペレウーロク」（横町）の五階造りの家の、道具附の、小坐敷から一少年が突進して、狐疑逡巡の体でK……橋の方へのツそり出掛けた。

（「内田魯庵全集12」、一九八四。加藤百合『明治期露西亜文学翻訳論攷』（東洋書館）によれば、フレデリック・ウィッショーの英訳（一八八六、ヴィゼッテリ社）より重訳）

中村白葉訳（一九一四、新潮社）

七月初旬のおそろしく暑い時分のこと、とある夕方近く、一人の若い男が、C——横町の借家からまた借りしていた自分の部屋から街路《とおり》へ出て、なんとなく心のきまらないさまで、のろのろとK——橋の方へ歩いて行った。

（岩波文庫　旧版、一九二八。ロシア語原文からの初訳）

米川正夫訳（一九三四、三笠書房）

七月の初め、とほうもなく暑い時分の夕方ちかく、ひとりの青年が、借家人から又借りしているS横町の小部屋から通りへでて、なんとなく思いきりわるそうにのろのろと、K橋のほうへ足を向けた。

（河出書房「ドストエフスキー全集6」、一九六九）

小沼文彦訳（一九五八、筑摩書房）

七月初旬の、ひどく暑い時分のこと、ある日の夕方近く、一人の青年が借家人から又借りしているS――横町の自分の部屋から往来へ出ると、なんとなく思いきりの悪い足取りで、K――橋のほうへ向かって歩き出した。

（筑摩書房「ドストエフスキー全集6」、一九六三）

工藤精一郎訳（一九六一、新潮社）

七月初めの酷暑のころのある日の夕暮近く、一人の青年が、小部屋を借りているS横町のある建物の門をふらりと出て、思いまようらしく、のろのろと、K橋のほうへ歩きだした。

（新潮文庫、一九八七）

池田健太郎訳（一九六三、中央公論社）

七月はじめ、猛烈に暑いさかりのある日の夕方ちかく、ひとりの青年が、S横町の下宿の小部屋から表通りに出て、のろのろと、ためらいがちに、K橋の方へ歩きだした。

（中央公論社「世界の文学16」、一九六三）

原久一郎訳（一九六四、集英社）

七月はじめ、極度にむし暑い日の、夕方近いころだった。一人の青年が、S横町の借家ずまいの家に間借りしている、せせこましい部屋から往来へでて、のろりのろりと、ふんぎりのつかない格好で、K橋のほうへ歩《あし》をはこんだ。

（集英社「世界の名作9」、一九六四）

江川卓訳（一九六五—六六、旺文社）

七月はじめ、めっぽう暑いさかりのある日暮どき、ひとりの青年が、S横町にまた借りしている狭くるしい小部屋からおもてに出て、のろくさと、どこかためらいがちに、K橋のほうへ歩きだした。

（岩波文庫、一九九九）

北垣信行訳（一九六七、講談社）

七月のはじめ、暑いさかりの、夕暮れも迫ろうとする頃、ひとりの青年が、S路地裏のアパートの住人からまた借りしている自分の部屋から表通りに出て、のろのろした、ためらいがちな足どりでK橋をさして歩きだした。

（講談社「世界文学全集18」、一九六七）

小泉猛訳（一九八〇、集英社）

七月のはじめ、とてつもなく暑い盛りのある日の夕方ちかく、ひとりの青年が、借家人から又借りしているS横町の小部屋から通りへ出ると、ゆっくりと、なにやら心を決めかねているかのような足取りで、K橋のほうへ歩き出した。

（集英社「世界文学全集44」、一九八〇）

亀山郁夫訳（二〇〇八、光文社）

七月の初め、異常に暑いさかりの夕方近く、ひとりの青年が、S横町にまた借りしている小さな部屋から通りに出ると、なにか心に決めかねているという様子で、ゆっくりとK橋のほうへ歩きだした。

（光文社古典新訳文庫、二〇〇八）

ロシア語原文

В начале июля, в чрезвычайно жаркое время, под вечер, один молодой человек вышел из своей каморки, которую нанимал от жильцов в С — м переулке, на улицу и медленно, как бы в нерешимости, отправился к К — ну мосту.

あとがき

本書は、二〇〇三年七月から月に一度、あるいは隔月という柔軟なスケジュールのもとに進められた、中村邦生さんと小野民樹さんとの鼎談の記録である。

ドストエフスキーの全小説を、処女作『貧しき人びと』から『カラマーゾフの兄弟』に到るまで読み終わると、最初にもどり、再び読み進めながら議論を重ねた。毎回、ほぼ四時間から五時間、話はドストエフスキーを中心としながらも内外の文学、思想、政治など多様な問題に及び、ほぼ十三年間で、ドストエフスキー全小説の旅を二巡りしたことになる。二度目からは会話を録音し、川崎が文章を起こした。本書は、その中から『罪と罰』の部分をまとめたものである。

この間、二〇〇六年九月に刊行された亀山郁夫訳の『カラマーゾフの兄弟』が百万部を突破し、いわゆる亀山・ドストエフスキー現象が生じた。日本人読者によるドストエフスキー熱がメディアでひろく取り上げられ、本国ロシアでも注目された。

そうした出来事の前後で、私たちの地道な読書会にも参加希望者が少なくなかったが、あえて「三人」の原則を通すことにした。その結果、多人数による議論の混乱を避け、かつ二人からなる対話の対称性にはない微妙な揺らぎが生じ、ほどよい議論の集中が実現できたように思う。

私たちには「ドストエフスキーの文学は〈現代の我々〉の視線にどれほど耐えることができるのだろうか」という問いが根底にありつづけた。しかし他方で過酷な事件や出来事がくりひろげられる現代社会において、この作家が新たな視座をもって立ち上がってくることにも気づかされた。三者三様それぞれの問題意識が交錯し乱反射しながら成立したのが本書といえるだろう。

初めて読む人、また再読する人にも、本書が『罪と罰』の新たな魅力を伝えることになれば幸いである。

水声社の鈴木宏社主が快く本書の刊行を引き受けて下さったことに感謝したい。また担当編集者の板垣賢太氏がロシア語ロシア文学を専攻していたことも私たちには幸運だった。

なお、本書は『罪と罰』への散策を誘う案内書であり、学術書ではないので、読者の煩わしさを思い、文献表記は本文中に短く言及した以外、お世話になった次の方々の氏名をあげるにとどめる。芦川進一、井桁貞義、石川文康、木下豊房、清水正、清水孝純、高橋誠一郎、近田友一、中村健之介、古田リュドミーラ、望月哲男。

川崎が翻訳の底本としたロシア語テキストはФ.М.Достоевский полное собрание сочинений. издательство наука ленинград 1986.「ドストエフスキー全集」（ナウカ出版社、レニングラード、一九八六）三十巻本。さらに次のФ.М.Достоевский собрание сочинений. государственное издательство художественной литературы.「ドストエフスキー作品集」（芸術文学国立出版社、一九五七）十巻本の第五巻『罪と罰』も併せて参考にした。

二〇一六年　盛夏

川崎　浹

著者について――

川崎浹（かわさきとおる）　一九三〇年、福岡県生まれ。早稲田大学名誉教授。主な著書に、『英雄たちのロシア』（岩波書店、一九九九）、『過激な隠遁　高島野十郎評伝』（求龍堂、二〇〇八）、主な訳書に、ロープシン『蒼ざめた馬』（岩波書店、二〇〇六）、サヴィンコフ『テロリスト群像』（岩波書店、二〇〇七）などがある。

小野民樹（おのたみき）　一九四七年、群馬県生まれ。出版社勤務を経て、現在、大東文化大学文学部教授。主な著書に、『六〇年代が僕たちをつくった』（洋泉社、二〇〇四）、『撮影監督』（キネマ旬報社、二〇〇五）、『新藤兼人伝――未完の日本映画史』（白水社、二〇一一）、『百年の風貌――新藤監督との対話』（芸術新聞社、二〇一五）などがある。

中村邦生（なかむらくにお）　一九四六年、東京都生まれ。作家、大東文化大学文学部教授。主な小説に、『月の川を渡る』（作品社、二〇〇四）、『風の消息、それぞれの』（作品社、二〇〇六）、『転落譚』（水声社、二〇一一）、『風の湧くところ』（風濤社、二〇一五）、主な評論に、『書き出しは誘惑する』（岩波書店、二〇一四）などがある。

装幀——齋藤久美子

『罪と罰』をどう読むか〈ドストエフスキー読書会〉

二〇一六年一一月一五日第一版第一刷印刷　二〇一六年一一月二五日第一版第一刷発行

著者――川崎浹＋小野民樹＋中村邦生

発行者――鈴木宏

発行所――株式会社水声社
東京都文京区小石川二―一〇―一　いろは館内　郵便番号一一二―〇〇〇二
電話〇三―三八一八―六〇四〇　FAX〇三―三八一八―二四三七
郵便振替〇〇一八〇―四―六五四一〇〇
URL : http://www.suiseisha.net

印刷・製本――精興社

ISBN978-4-8010-0204-3